शिक्षा में सुधार : चुनौतियाँ और संभावनाएं

AF751534

(नीति एवं नवाचार की नई दिशा)

एडवोकेट नवल किशोर सोनी

शिक्षा में सुधार : चुनौतियाँ और संभावनाएं

(नीति एवं नवाचार की नई दिशा)

लेखक : एडवोकेट नवल किशोर सोनी

E-mail- navalkishor.s@gmail.com

अनुक्रम

भूमिका

शिक्षा किसी भी राष्ट्र के सामाजिक, आर्थिक और लोकतांत्रिक विकास की आधारशिला है। किंतु शिक्षा व्यवस्था की प्रभावशीलता केवल नीतिगत घोषणाओं से नहीं, बल्कि उनके जमीनी क्रियान्वयन, गुणवत्ता और समावेशिता से निर्धारित होती है। वर्षों के शिक्षकीय, सामाजिक और संस्थागत अनुभवों ने मुझे यह समझने का अवसर दिया कि शिक्षा सुधार एक बहुस्तरीय प्रक्रिया है, जिसमें नीति, प्रशासन, शिक्षक-तैयारी, सामुदायिक सहभागिता और मूल्य-आधारित दृष्टिकोण का संतुलित समन्वय आवश्यक है। शिक्षा मेरे लिए सिर्फ एक पेशा नहीं रही, बल्कि जीवन को समझने और समाज को बदलने का माध्यम भी रही है। वर्षों की इस यात्रा में मैंने विद्यालयों में कक्षा-कक्षों के भीतर बच्चों की चमकती आँखों में सपने देखे हैं और उन्हीं सपनों को व्यवस्था की सीमाओं में उलझते भी देखा है। शायद इसी द्वंद्व ने इस पुस्तक को जन्म दिया।

वैकल्पिक शिक्षा के क्षेत्र में दिगंतर के साथ कार्य करते हुए यह अनुभव प्राप्त हुआ कि शिक्षा का केंद्रीकरण और मानकीकरण कई बार बच्चों की विविध आवश्यकताओं की उपेक्षा कर देता है। बाल-केंद्रित और अनुभवात्मक शिक्षण पद्धतियाँ न केवल अधिगम की गुणवत्ता को बढ़ाती हैं, बल्कि विद्यार्थियों में स्वायत्तता और आलोचनात्मक चिंतन का विकास भी करती हैं। शिक्षा में खेल, जीवन-कौशल और सामुदायिक सहभागिता को समाहित करना अत्यंत आवश्यक है। विद्यालय तभी प्रभावी संस्थान बन सकता है जब वह समुदाय के साथ संवाद स्थापित करे और शिक्षण प्रक्रिया को सामाजिक संदर्भों से जोड़े।

अंतरराष्ट्रीय संगठनों के साथ जुड़ाव ने शिक्षा के वैश्विक परिप्रेक्ष्य को समझने का अवसर प्रदान किया। यूनिसेफ के सहयोग से बाल-अधिकार, समावेशी शिक्षा और गुणवत्ता संकेतकों पर कार्य करते हुए यह अनुभव हुआ कि नीति-निर्माण और स्थानीय कार्यान्वयन के बीच समन्वय की कमी शिक्षा सुधार की प्रमुख बाधाओं में से एक है।

केयर इण्डिया जैसी संस्थाओं के साथ कार्य के दौरान सामाजिक और लैंगिक असमानताओं का शिक्षा पर प्रत्यक्ष प्रभाव दृष्टिगत हुआ। शिक्षा तक समान पहुँच सुनिश्चित करना केवल अधोसंरचना का प्रश्न नहीं, बल्कि सामाजिक न्याय का विषय है।

इसी प्रकार एजुकेट गर्ल्स के साथ बालिका शिक्षा पर किए गए कार्यों ने यह स्थापित किया कि समुदाय-आधारित मॉडल दीर्घकालिक परिवर्तन के लिए अधिक प्रभावी सिद्ध होते हैं। नामांकन से आगे बढ़कर निरंतर उपस्थिति, अधिगम परिणाम और सामाजिक सशक्तिकरण पर ध्यान देना शिक्षा सुधार की अनिवार्य शर्त है।

यह पुस्तक "शिक्षा में सुधार: चुनौतियाँ और संभावनाएं" वर्तमान शिक्षा व्यवस्था की संरचनात्मक चुनौतियों, जैसे गुणवत्ता, शिक्षक-प्रशिक्षण, प्रशासनिक उत्तरदायित्व, नीति-क्रियान्वयन अंतराल और सामाजिक विषमताओं का विश्लेषण प्रस्तुत करती है। साथ ही, यह व्यवहारिक एवं नीतिगत सुधारों की संभावनाओं को रेखांकित करती है, जो शिक्षा को अधिक समावेशी, समता मूलक, न्यायपूर्ण और परिणामोन्मुख बना सकती हैं।

मेरा विश्वास है कि शिक्षा सुधार का उद्देश्य केवल अधिगम परिणामों में वृद्धि नहीं, बल्कि संवेदनशील, उत्तरदायी और लोकतांत्रिक नागरिकों का निर्माण होना चाहिए।

यदि शिक्षा व्यवस्था को पारदर्शिता, उत्तरदायित्व और नवाचार से जोड़ा जाए, तो वह सामाजिक परिवर्तन का सशक्त माध्यम बन सकती है। यह पुस्तक नीति-निर्माताओं, शिक्षकों, शोधार्थियों और सामाजिक संगठनों के लिए एक विचार-दस्तावेज के रूप में प्रस्तुत है, जिसका उद्देश्य शिक्षा के बारे में संवाद, विमर्श और ठोस कार्यनीति हेतु संवाद के लिए प्रेरित करना है।

-नवल किशोर सोनी

शिक्षक और उसका व्यवसाय

प्रस्तुत आलेख में प्राथमिक विद्यालय शिक्षकों की व्यावसायिक स्थिति को केंद्र में रखकर विचार किया गया है। देश में उपनिवेशकालीन शिक्षा-प्रणाली में कोई आमूल परिवर्तन नहीं हुआ, अपितु उसका विस्तार भर हुआ है। शिक्षक एक नियंत्रित व्यवस्था में कार्यरत है, जहाँ उसे पाठ्य-सामग्री और शिक्षण-विधि के क्षेत्र में स्वायत्तता उपलब्ध नहीं है। इस कारण शिक्षक के पेशे की महत्ता का निरन्तर ह्रास हुआ है और उनकी व्यावसायिक गुणवत्ता तथा विशेषज्ञता के अवसर कम होते गए हैं।

सरकारी घोषणाओं एवं पंचांग के अनुसार विद्यालयों में कुछ जयंती, पर्व अथवा दिवस समय-समय पर मनाए जाते रहते हैं। इन सबके पीछे सरकारों के अपने विचार होते हैं। जैसे नेहरू जी के जन्मदिन को बाल-दिवस के रूप में मनाना। सरकारी या गैर-सरकारी विद्यालयों में जिस प्रकार बाल-दिवस मनाया जाता है, उसे देखकर यदि बाल-दिवस को सीधे "नेहरू-दिवस" कहा जाए तो कोई अतिशयोक्ति नहीं होगी, क्योंकि इस दिन नेहरू जी के व्यक्तित्व और कृतित्व से संबंधित भारी-भरकम शब्दजाल सुनने के अलावा बच्चों के लिए हम कुछ विशेष नहीं कर पाते। इसी प्रकार डॉ. राधाकृष्णन के जन्मदिन से जोड़कर शिक्षक-दिवस मनाया जाता है। इसलिए नहीं कि उन्होंने देश के सर्वोच्च पद को त्यागकर शिक्षण कार्य शुरू किया था, बल्कि इसलिए कि उन्होंने शिक्षक पद से आगे बढ़कर देश का सर्वोच्च पद स्वीकार किया था।

परंतु कितना अच्छा होता यदि शिक्षक-दिवस शिक्षक के आत्मावलोकन, आत्ममंथन और आत्मचिंतन का दिवस बनता। यद्यपि यह प्रक्रिया शिक्षक के जीवन में निरंतर चलनी चाहिए, फिर भी बेहतर होता कि इस दिन हम

अपने कार्य, अपने व्यवसाय और अपनी जिम्मेदारियों पर विशेष रूप से ठहरकर विचार करते।

राष्ट्रीय शिक्षा के प्रसार और विस्तार की दृष्टि से प्राथमिक शिक्षा-प्रणाली सबसे बड़ा तंत्र है। यदि इस प्रणाली के अंतर्गत कार्यरत शिक्षकों की व्यावसायिक स्थिति पर विचार करें तो स्पष्ट होता है कि शिक्षक का पेशा उन पेशों की तरह सशक्त पहचान नहीं बना पाया, जिनमें पेशागत मामलों में अधिकार प्रदान किए जाते हैं। आज भी डॉक्टरी और वकालत जैसे पेशों की तुलना में अध्यापन को बिना विशेषज्ञता वाला कार्य क्यों माना जाता है? इसका मुख्य कारण शैक्षिक मामलों में शिक्षकों को पूर्ण स्वायत्तता न मिलना है। यदि शिक्षकों को "क्या पढ़ाएँ और कैसे पढ़ाएँ" इस पर स्वयं निर्णय लेने का अधिकार दिया जाता, उन्हें पाठ्यक्रम निर्माण और उपयुक्त पाठ्य-पुस्तक चयन की स्वतंत्रता मिलती, तो संभवतः शिक्षकीय पेशे की अलग पहचान बनती। परंतु विडम्बना यह रही कि शिक्षक की भूमिका विभाग द्वारा लागू पाठ्य-पुस्तकों के पाठ रटाने तक सीमित कर दी गई।

यदि हम भारतीय अतीत में झाँकें तो पाएँगे कि पढ़ने-लिखने के बुनियादी कौशल देश के विभिन्न हिस्सों में स्थानीय तरीकों से सिखाए जाते थे। धार्मिक शिक्षा जीवन का एक अंग थी। पढ़ाने का आधार भले जाति-व्यवस्था रही हो, पर इसे सामाजिक कार्य माना जाता था। शिक्षकों को विशिष्ट सम्मान प्राप्त था और उन्हें यह निर्णय करने की स्वतंत्रता थी कि कौन-सा ज्ञान पढ़ाया जाए और कैसे पढ़ाया जाए।

ईस्ट इंडिया कंपनी के शासन के स्थापित होने के बाद अंग्रेजों द्वारा लागू केन्द्रीय नियंत्रण व्यवस्था ने "क्या पढ़ाया जाए और कैसे पढ़ाया जाए" में शिक्षक की पहल समाप्त कर दी। सरकारी पाठ्यक्रम, पाठ्य-पुस्तकों के साथ-साथ उपस्थिति रजिस्टर, दैनिक डायरी, खर्चों का लेखा-जोखा और

परीक्षा परिणामों का रिकॉर्ड रखने की जिम्मेदारी भी शिक्षक पर डाल दी गई। आज भी प्राथमिक शिक्षक को जनगणना, मतदान, मतदाता सूची निर्माण, पशु-गणना, टीकाकरण, पल्स-पोलियो अभियान, पोषाहार वितरण, नामांकन अभियान, उपस्थिति रिपोर्ट तथा स्वास्थ्य जांच जैसे अनेक गैर-शैक्षिक कार्य करने पड़ते हैं, जिनके पीछे दंड और प्रतिकूल टिप्पणी का भय जुड़ा रहता है।

अंग्रेजी शासन में विद्यालय निरीक्षण के दौरान छात्रों के प्रदर्शन को वित्तीय सहायता का आधार बनाया जाता था। इसके परिणामस्वरूप शिक्षकों में भय की प्रवृत्ति विकसित हुई और चापलूसी, हीनता-बोध तथा अधिकारियों के प्रति नतमस्तक होने की मानसिकता बढ़ी। वेतन और सामाजिक हैसियत में भारी अंतर ने भी इस स्थिति को मजबूत किया।

स्वतंत्रता के बाद अपेक्षा थी कि शिक्षा-प्रणाली में मूलभूत परिवर्तन होंगे, किंतु ऐसा नहीं हो पाया। हमने शिक्षा का विस्तार तो किया, पर पाठ्यक्रम निर्धारण, परीक्षा-पद्धति और नियंत्रण की औपनिवेशिक संरचना से पूरी तरह मुक्त नहीं हो सके। सीखने-सिखाने की प्रक्रिया बच्चों के जीवन और परिवेश से दूर रही क्योंकि ज्ञान निर्धारित करने वालों का बच्चों की वास्तविक दुनिया से कम सरोकार रहा।

आज भी शिक्षक पूर्वनिर्धारित पाठ्यक्रम और पाठ्य-पुस्तकों से बंधा है। नौकरशाही नियंत्रण के कारण वह अधिकारी के सामने भयभीत रहता है। कम वेतन और कम सामाजिक प्रतिष्ठा भी उसके विरोध को सीमित करती है। परिणामतः शिक्षक अपनी व्यावसायिक शक्तिहीनता को कक्षा में कठोरता के माध्यम से छिपाने का प्रयास करता है।

प्राथमिक शिक्षक के पास पाठ्य-सामग्री निर्माण या निर्णय लेने के अवसर नहीं होते। प्रशिक्षण में पढ़ना-लिखना सिखाने के कौशल पर जोर होता है,

पर उसके सिद्धांतों की समझ विकसित नहीं की जाती। शिक्षक स्वयं से प्रश्न भी नहीं करता , क्या मुझे विषय का पूरा ज्ञान है ? क्या मेरा शिक्षण प्रभावी है ? क्या मुझे बच्चों को लालच देकर नियंत्रित करना पड़ता है ? यदि शिक्षकों को पाठ्यक्रम निर्माण और पुस्तक चयन का अधिकार मिलता तो उनकी पेशागत पहचान ऊँची होती और शिक्षा अधिक आनंददायी बनती है । परंतु शिक्षा व्यवस्था की जड़ें राजनीतिक-आर्थिक संरचना में होने के कारण परिवर्तन कठिन है। संक्षेप में —

- औपनिवेशिक केन्द्रीय नियंत्रण ने शिक्षक की पहल समाप्त कर दी।
- अध्यापन को बिना विशेषज्ञता वाला कार्य समझा जाने लगा।
- नौकरशाही नियंत्रण से शिक्षक सीमित भूमिका में सिमट गया।
- पेशेवर स्वायत्तता सामाजिक-राजनीतिक संरचना से बाधित रही।
- शिक्षक प्रशिक्षण में सिद्धांत और कौशल का संतुलन आवश्यक है।

ज्ञान को अंतिम सत्य मान लेना जिज्ञासा को समाप्त कर देता है, जबकि जिज्ञासा ही वैज्ञानिक प्रगति का आधार है। यदि हम नई पीढ़ी को रूढ़ विश्वासों से मुक्त नहीं करेंगे तो मानसिक विकास संभव नहीं होगा। आज शिक्षा व्यवस्था प्रतियोगिता पर आधारित है, जबकि हम बच्चों को प्रेम और सहयोग का पाठ पढ़ाते हैं। क्या यह विरोधाभास नहीं है ? हम अनुशासन को आज्ञापालन से जोड़ते हैं और बच्चों की स्वतंत्र सोच को दबाते हैं। परिणामतः शिक्षा समाज की पारंपरिक संरचना को बनाए रखने का माध्यम

बन जाती है, परिवर्तन का नहीं। समाज की मान्यताओं और परम्पराओं का विश्लेषण किए बिना वास्तविक परिवर्तन संभव नहीं है।

(शिक्षा विमर्श पत्रिका के जनवरी 2001 के अंक में प्रकाशित लेख)

गुणवत्तापूर्ण शिक्षा के मायने

गुणवत्तापूर्ण शिक्षा के मायनों पर अनेक विद्वानों द्वारा विचार व्यक्त किये गए है। किसी ने इसे बच्चे के सीखने के स्तर में सुधार से जोड़कर देखा है तो किसी ने सम्पूर्ण विद्यालय के माहौल एवं सुविधाओं के साथ। उदहारण के लिए स्कूल में शिक्षक-बालक सम्बन्ध कैसे हैं, पढ़ाने के तरीके कैसे हैं ,स्कूल में कमरे कितने है, पीने का पानी है या नहीं, लड़के –लड़कियों के लिए अलग-अलग शौचालय बना है या नहीं इत्यादि। आज कल निजी विद्यालयों द्वारा किये जा रहे प्रचार प्रसार को भी गुणवत्ता से जोड़कर देखा जाने लगा है। मसलन किसी निजी विद्यालय के पास कितना बड़ा भवन है ? है तो उसका रंग-रोगन कैसा है ? स्कूल बस कितनी है ? जुते-मौजे, टाई-बैल्ट इत्यादि का रंग कैसा है ? यह सब ऐसी बातें हैं जो शिक्षा की गुणवत्ता को लेकर भ्रम की स्थिति बना देती है। आज बाजारवाद भी शिक्षा पर हावी है। जो स्कूल जितना अच्छा विज्ञापन कर पाता है या कहें जितना मँहगा अपनी शिक्षा को बेच पाता है वह अच्छा स्कूल माना जाता है। ऐसे विद्यालयों ने शिक्षा को प्रतिस्पर्धा और विज्ञापन की विषयवस्तु बनाकर रख दिया है।

एक प्रशिक्षण में मैंने देखा कि शिक्षा की गुणवत्ता को बाजार से खरीदी गई अच्छी चाय,अच्छी मिठाई इत्यादि से जोड़ कर बताया जा रहा था। मसलन आपने ग्राहक के रूप में जो पैसा दिया है उसके एवज में आपको उसका उतना लाभ मिला या नहीं ? या आपको संतुष्टि मिली या नहीं ? इस सन्दर्भ में हम गुणवत्तापूर्ण शिक्षा की बात करें तो इसका ग्राहक किसे माना जाये ? किसकी संतुष्टि को देखा जाये? बच्चे की संतुष्टि या बच्चे के माता-पिता की संतुष्टि, या फिर सरकार की संतुष्टि जो बच्चों को

राज आज्ञा का पालन करना सिखाती है। जाहिर सी बात है इन सबकी संतुष्टि का स्तर अलग-अलग होगा।

अब सवाल यह उठता है कि फिर हम गुणवत्तापूर्ण शिक्षा किसे कहें ? यहाँ एक बात गौर करने लायक है और वह है 'गुणवत्तापूर्ण' शब्द। यानि यह शब्द हमें शिक्षा की विशेषता बताता है अर्थात शिक्षा में गुणवत्ता किसे कहेंगे ? शिक्षा में गुणवत्ता को समझने के लिए जाहिर सी बात है कि हमें शिक्षा की अवधारणा को समझना होगा। शिक्षा की अवधारणा में मुख्य रूप से तीन बातें शामिल है पहली बच्चे, दूसरी अध्यापक और तीसरी विषयवस्तु जो हम बच्चों को सिखाना चाहते है। जब हम कहते है कि किसी बच्चे के निर्माण में शिक्षा का क्या योगदान रहा है तो हम यह पूछ रहे होते है कि आखिर उसने क्या सीखा ? कहने का मतलब है शिक्षा की गुणवत्ता इस बात पर निर्भर करती है कि आखिर बच्चे ने क्या सीखा और हम उसे क्या सीखाना चाहते थे ? और जो सीखाना चाहते थे उसका चुनाव हमने कैसे किया ? इस चुनाव के आधार क्या थे ? इन सब सवालों के जवाब हमें इस बात से मिलते है कि क्या शिक्षा का कोई सामाजिक सन्दर्भ भी होता है या फिर शिक्षा किसी शून्य या निर्वात में चलने वाली अलग-थलग गतिविधि है ? चूँकि बच्चे और शिक्षक दोनों किसी समाज का हिस्सा होते है और शिक्षा की विषयवस्तु के रूप में जो भी मूल्य, क्षमताएँ और ज्ञान का चुनाव किया जाता है वे सब उस समाज में उपलब्ध ज्ञान-भण्डार का ही हिस्सा होते हैं। अत: हम चौथी चीज समाज को जोड़ सकते है। अब सवाल यह है कि हम किस प्रकार का समाज चाहते हैं ? समाज की हमारी धारणा क्या है ? और क्या यह धारणा मानव स्वाभाव और उसकी मूलभूत प्रवृतियों पर निर्भर

करती है ? इस धारणा के आधार पर ही हमारे मूल्य और मान्यताएँ तय होती है। शिक्षा के लक्ष्य और उद्देश्य तय होते है। शिक्षाक्रम और पाठ्य क्रम का निर्माण होता है। शिक्षण विधियाँ तय होती है।

अब यदि हम थोड़ी देर के लिए कल्पना करें निरंकुश शासन या राजतन्त्र वाले समाज की तो हमारे मूल्य और मान्यताएँ भी इसी प्रकार की होनी चाहिए जिसमें ऐसे नागरिक पैदा किये जाये जो सोचने-समझने वाले न हो, सवाल उठाने वाले न हो, जैसा कहा जाये वैसा करने वाले हो... और यदि हम मनुष्य के स्वभाव जैसे कि उसके पास भाषा है , वह बोलना जानता है, सोचना जानता है, चिंतन करना जानता है, अपने लिए बेहतर जीवन की कल्पना कर सकता है इत्यादि। तो ऐसे समाज की कल्पना करेंगे जहाँ मनुष्य को अपनी बात रखने के बराबरी के अवसर मिले, अपने आपको पोषित-पल्लवित करने के अवसर मिले तो ऐसा किस शासन व्यवस्था में संभव हो पायेगा यह देखना होगा। और यदि वह राजतन्त्र न होकर संवैधानिक लोकतंत्र है तो फिर समता, न्याय, स्वतंत्रता, बराबरी, तदानुभूति, लैंगिक समानता जैसे मूल्यों को बढ़ावा देने वाली शिक्षा की रुपरेखा बनानी होगी।

उक्त विवेचना के आधार पर हम शिक्षा की गुणवत्ता को इन चार पहलुओं से समझ सकते है। पहला हम किस प्रकार का समाज चाहते है और इस वांछित समाज के निर्माण के लिए हमें एक खास प्रकार के मूल्यों से युक्त शिक्षा की व्यवस्था का निर्माण करना होगा। जैसे समता, न्याय, ईमानदारी, तदानुभूति, सत्यनिष्ठा, लैंगिक समानता, विवेक शीलता इत्यादि। और फिर विद्यालय के पूरे वातावरण और व्यवस्थाओं में इन मूल्यों की झलक दिखाई देती हो। दूसरा क्षमताओं के रूप में जैसे

खोज करने की क्षमता अर्थात जाँच-पड़ताल के उचित तरीके चुनकर उनका सटीक उपयोग कर पाना, अर्जित क्षमताओं और ज्ञान का आगे सीखने में उपयोग कर पाना, आवश्यकतानुसार समस्या समाधान में काम में ले पाना आदि और तीसरा सीखे गए ज्ञान की मात्रा के रूप में। यहाँ ज्ञान शब्द का उपयोग हम व्यापक रूप में कर रहे है जिसमें जानकारी, सूचनाओं, अनुभवों एवं दक्षताओं सभी को शामिल कर रहे हैं । ज्ञान का चुनाव भी हम किस प्रकार का समाज चाहते है हमारी इस धारणा पर ही निर्भर करेगा। अर्जित ज्ञान की मात्रा एवं सीखने की क्षमताओं में सीधा सम्बन्ध है। जितना ज्ञान बढ़ेगा उतनी ही क्षमताएँ भी बढ़ेंगी और जितनी क्षमताएं बढ़ेगी उतना ही ज्ञान भी बढेगा।

चौथा बच्चों को पढ़ना-लिखना सीखाने के तरीके या शिक्षण विधियाँ। यह शिक्षण विधियाँ इस प्रकार की हो जो बच्चों में वांछित समाज के लिए जरुरी मूल्यों का विकास कर सकें। तार्किक सोच का विकास कर सके, वैज्ञानिक नजरिया विकसित कर सकें, कम लागत, कम खर्च पर आधारित हो तथा बच्चों में सीखने की गति को स्तरानुसार बढ़ा सके। यदि हम समतावादी, न्यायपूर्ण और प्रजातान्त्रिक समाज का निर्माण करना चाहते है तो शिक्षण विधियाँ ऐसी होनी चाहिए जो बच्चों में तार्किक समझ का विकास करने के साथ-साथ जाति, धर्म-पंथ, वर्ग इत्यादि से ऊपर उठकर सोचने में सक्षम बना सकें। विचार और कर्म के लिए आत्मनिर्भर बना सके। इस प्रकार की शिक्षा को हम गुणवत्तापूर्ण शिक्षा कह सकते हैं। राष्ट्रीय पाठ्यचर्या की रुपरेखा 2005 ने भी शिक्षा के मार्गदर्शक सिद्धांतों के परिपेक्ष्य में निम्न शैक्षिक उद्देश्यों का जिक्र किया है जिनका उल्लेख यहाँ करना जरुरी लगता है-“बच्चों में लोकतंत्र,

समानता, न्याय, स्वतंत्रता, परोपकार, धर्मनिरपेक्षता, मानव गरिमा व अधिकार तथा दूसरों के प्रति आदर जैसे मूल्यों के प्रति प्रतिबद्धता। शिक्षा का उद्देश्य कारण और समझ पर आधारित इन्हीं मूल्यों के प्रति प्रतिबद्धता का निर्माण करना होना चाहिए। इसलिए पाठ्यचर्या में स्कूलों के लिए वह गुंजाईश जरुर होनी चाहिए ताकि वह संवाद एवं विमर्श के लिए जगह पैदा करते हुए बच्चों में इस तरह की प्रतिबद्धता का निर्माण कर सके। विचार तथा कर्म की आज़ादी, स्वतन्त्र तथा साम़ूहिक रूप से सावधानी पूर्वक विचार किये गए मूल्य-निर्धारित निर्णय लेने की क्षमता की तरफ इशारा करते हैं। ज्ञान और दुनिया की समझ के साथ दूसरें लोगों की भावनाओं व कल्याण के प्रति संवेदनशीलता को मूल्यों के प्रति तार्किक प्रतिबद्धता का आधार होना चाहिए। सीखने के लिए सीखना, जो सीखा है उसे छोड़ने की और दुबारा सीखने की तत्परता, नयी परिस्थितियों के प्रति लचीले व रचनात्मक तरीके से प्रतिक्रिया व्यक्त करने की महत्वपूर्ण प्रक्रिया पर जोर डालने की आवश्यकता है। जीवन में चुनाव व लोकतान्त्रिक प्रक्रियाओं में भागीदारी समाज में विभिन्न प्रकार से योगदान देने की सामर्थ्य पर निर्भर है। यही वजह है कि शिक्षा को कम करने, आर्थिक प्रक्रियाओं व सामाजिक बदलाव में हिस्सा लेने की सामर्थ्य को विकसित करना चाहिए। इसके लिए काम का शिक्षा से जुड़ाव अपरिहार्य है।कौशलों और प्रवृत्तियों के लिहाज से काम से जुड़े अनुभव इस तरह पर्याप्त और व्यापक होने चाहिए कि वे सामाजिक-आर्थिक प्रक्रियाओं की समझ पैदा कर सकें और ऐसी मानसिक संरचना विकसित करने में मदद करें जो सहकारिता की भावना से दूसरों के साथ मिलकर काम करने को प्रोत्साहन दे।केवल कार्य ही सामाजिक मनोवृति

की रचना कर सकता है।सौन्दर्य व कला के विभिन्न रूपों को समझना व उसका आनन्द उठाना मानव जीवन का अभिन्न अंग है। कला, साहित्य और ज्ञान के अन्य क्षेत्रों में सृजनात्मकता का एक दूसरे से घनिष्ठ सम्बन्ध हो। बच्चे की रचनात्मक अभिव्यक्ति और सौन्दर्यात्मक आस्वादन की क्षमता के विस्तार के लिए साधन और अवसर मुहैया कराना शिक्षा का अनिवार्य कर्तव्य है।आज जबकि बाजार की शक्तियों में मतों एवं अभिरुचियों को प्रभावित करने की गुंजाइश ज्यादा है। सौन्दर्य की समझ व रचनात्मकता के लिए शिक्षा की महत्ता और भी बढ़ गई है। विद्यार्थियों को सौन्दर्य के विभिन्न रूपों को समझने व उनका विवेचन करने में समर्थ बनाने का प्रयास होना चाहिए। बहरहाल, हमें यह सुनिश्चित कर लेना चाहिए कि हम मनोरंजन व सौन्दर्य के उन रूढ़िबद्ध रूपों को प्रोत्साहित ना करें जो महिलाओं व विभिन्न प्रकार की चुनौतियाँ झेल रहे व्यक्तियों को अपमानित करते हों।”

गुणवत्तापूर्ण शिक्षा की उक्त व्याख्या में हमने विद्यालय भवन, शिक्षक का प्रशिक्षण, शिक्षण सामग्री, शाला से पास होने वाले बच्चों का प्रतिशत, आदि का कोई जिक्र नहीं किया है, जबकि शिक्षा की गुणवत्ता में आजकल इन चीजों को मुख्य माना जाता है। इसका यह आशय नहीं है कि विद्यालय भवन, शिक्षण सामग्री और संसाधन जरूरी नहीं हैं, बल्कि यह है कि वे शिक्षा में गुणवत्ता प्राप्ति के साधन भर हैं, असली मकसद नहीं। अतः उनसे सन्तुष्ट नहीं हुआ जा सकता। इसी तरह शिक्षण सामग्री की उपलब्धता, भौतिक संसाधन, अकादमिक संबलन, सभी बच्चों का विद्यालय आना, पांचवीं पास करना, शिक्षक-छात्र अनुपात, आदि गुणवत्तापूर्ण शिक्षा सभी बच्चों को मुहैया करवाने की

आवश्यक शर्तें मात्र हैं। आज हमारे शिक्षा तंत्र की एक बड़ी कमजोरी यह है कि शिक्षा में गुणवत्ता के नाम पर उनकी नजर आवश्यक सामग्री, संसाधन एवं विद्यालय भवन तक ही जा पाती है। ज्यादा से ज्यादा परीक्षा में पास बच्चों के प्रतिशत या बच्चों के अंकों के प्रतिशत तक जाती है। शिक्षा की गुणवत्ता के बारे में हमें इस धारणा को बदलने की जरुरत है।

शिक्षा की वर्तमान स्थिति व सुधार की संभावनाएं

प्रारंभिक शिक्षा की वर्तमान स्थिति तथा उसमें सुधार की संभावनाओं पर विचार करने से पूर्व यह समझना आवश्यक है कि शिक्षा-सुधार का विमर्श गंभीर रूप से कब प्रारंभ हुआ। शिक्षा के क्षेत्र में कार्यरत अधिकांश लोग जानते हैं कि 1986 की राष्ट्रीय शिक्षा नीति लागू होने के बाद प्रारंभिक शिक्षा के सार्वजनीकरण का कार्य तीव्र गति से आगे बढ़ा। विशेष रूप से राजस्थान के संदर्भ में शिक्षाकर्मी परियोजना, लोकजुम्बिश परियोजना, जनशाला, जिला प्राथमिक शिक्षा कार्यक्रम तथा बाद में सर्वशिक्षा अभियान और अब समग्र शिक्षा अभियान जैसे प्रयास इस दिशा में महत्वपूर्ण रहे।

इन प्रयासों के परिणामस्वरूप निःसंदेह विद्यालयों की पहुँच बढ़ी। एक किलोमीटर की परिधि में प्राथमिक विद्यालय उपलब्ध होने लगे, शिक्षकों की संख्या में वृद्धि हुई, विद्यालय भवनों तथा मूलभूत सुविधाओं में सुधार आया और जनभागीदारी बढ़ने से अभिभावकों में बच्चों को विद्यालय भेजने की प्रवृत्ति विकसित हुई। फलस्वरूप नामांकन दर में वृद्धि हुई। फिर भी शिक्षा की गुणवत्ता और विद्यालय की वास्तविक शैक्षिक प्रभावशीलता के मानदंडों पर अभी व्यापक कार्य किया जाना शेष है।

यदि आज भी शिक्षकों से “अच्छे विद्यालय” के मानदंड पूछे जाएँ तो भवन, पोशाक, व्यवस्था और अनुशासन प्रमुख बिंदु के रूप में सामने आते हैं। ठीक वैसे ही जैसे उनके छात्र जीवन में हुआ करते थे। अपने अनुभवों के आधार पर कहा जा सकता है कि अनेक सरकारी विद्यालय अभी भी वास्तविक शैक्षिक गुणवत्ता से दूर हैं।

मैं यहाँ अपने छात्र जीवन का एक अनुभव साझा करना उचित समझता हूँ। विद्यालय में निर्धारित पोशाक अनिवार्य थी और राष्ट्रीय पर्वों पर उसके बिना विद्यालय जाना संभव नहीं था। एक बार साम्प्रदायिक दंगे में उस दर्जी की दुकान जल गई जिसने मेरी स्कूल पोशाक सिलने के लिए ली थी, परिणामतः मैं 15 अगस्त के समारोह में भाग नहीं ले पाया। इस घटना का उल्लेख इसलिए महत्वपूर्ण है क्योंकि आज भी विद्यालयों में पोशाक को सीखने की गुणवत्ता से जोड़कर देखा जाता है, जबकि राष्ट्रीय पाठ्यचर्या रूपरेखा-2005 स्पष्ट करती है कि जूतों, मौजों या पोशाक का रंग शिक्षा की गुणवत्ता का निर्धारक नहीं है।

विद्यालयों में अनुशासन बनाए रखने के लिए भय को आवश्यक मानने की प्रवृत्ति अब भी व्यापक है। यद्यपि कानूनन शारीरिक अथवा किसी भी प्रकार का दण्ड-भय दंड निषिद्ध है, फिर भी व्यवहार में मानसिक या शारीरिक दंड का प्रयोग जारी है।

अपने विद्यालयकाल की एक घटना उल्लेखनीय है । राष्ट्रगान के समय हलचल करने पर मुझे धूप में “मुर्गा” बनाकर दंड दिया गया। वर्षों बाद जब शिक्षक प्रशिक्षण कार्यक्रम में उन्हीं शिक्षक से मिला तो वे अब भी अनुशासन के लिए भय को आवश्यक मानते थे। यह अनुभव बताता है कि शिक्षा की गुणवत्ता सुधारने के लिए विद्यालयी वातावरण में गुणात्मक परिवर्तन आवश्यक है और अनुशासन की अवधारणा पर पुनर्विचार जरूरी है।

विद्यालयों में अभी भी शिक्षक को ज्ञान का एकमात्र स्रोत माना जाता है। कक्षा में बच्चों को प्रश्न पूछने, विचार रखने, आपसी संवाद करने

और परिवेश से सीखने के अवसर सीमित मिलते हैं। जबकि अभिव्यक्ति और तार्किक क्षमता के विकास के लिए संवाद अनिवार्य है।

ज्ञान केवल पाठ्यपुस्तक में नहीं होता। वह बच्चों के अनुभवों, परिवार, समाज और परिवेश में भी निहित होता है। इसलिए पाठ्यपुस्तक और शिक्षक को अंतिम सत्य मानने की प्रवृत्ति पर पुनर्विचार आवश्यक है।

जब बच्चों को अपने अनुभव साझा करने का अवसर मिलता है, तब वे विविधताओं को समझते हैं और उनसे डरते नहीं। शिक्षा को संघर्षों से बचाने के बजाय उन्हें समझने का माध्यम बनाना चाहिए। जैसा कि पाठ्यचर्या रूपरेखा इंगित करती है, संघर्ष जीवन का हिस्सा है; उसे शिक्षण-रणनीति बनाकर बच्चों में नैतिक निर्णय क्षमता विकसित की जा सकती है।

शिक्षक का कार्य केवल जानकारी देना नहीं, बल्कि स्वतंत्र चिंतन को विकसित करना है। उसे कक्षा को लोकतांत्रिक मंच में बदलना होगा जहाँ बच्चे तर्क करें, असहमति व्यक्त करें और संवाद से समाधान खोजें। विशेषकर वंचित वर्गों और बालिकाओं के लिए विद्यालय ऐसा स्थान होना चाहिए जहाँ वे निर्णय-प्रक्रिया में भाग ले सकें।

शिक्षक प्रायः पाठ्यक्रम और पाठ्यपुस्तक का आलोचनात्मक परीक्षण नहीं कर पाते और उन्हें जैसा दिया जाता है वैसा ही लागू करते हैं। जबकि शिक्षा में वास्तविक परिवर्तन शिक्षक के माध्यम से ही संभव है। यदि विद्यालयों को समानता, समझ आधारित अधिगम और लोकतांत्रिक मूल्यों का केंद्र बनाना है तो शिक्षक की क्षमता, दृष्टिकोण, कार्य-परिस्थितियाँ और स्वायत्तता में सुधार आवश्यक है।

शिक्षा की गुणवत्ता सुधारने के लिए निम्न परिवर्तन आवश्यक हैं —

- विद्यालयी वातावरण में भय-मुक्तता और संवाद को बढ़ावा।
- अनुशासन की दंडात्मक अवधारणा का पुनर्मूल्यांकन।
- अनुभव-आधारित एवं संदर्भित अधिगम।
- शिक्षक की पेशेगत स्वायत्तता और बौद्धिक भूमिका की पुनर्स्थापना।
- समानता, आलोचनात्मक चिंतन और लोकतांत्रिक मूल्यों पर आधारित शिक्षण।

अतः स्पष्ट है कि शिक्षा में वास्तविक सुधार केवल भौतिक संसाधनों से नहीं, बल्कि शिक्षक की भूमिका, दृष्टिकोण और शैक्षिक दर्शन में आमूल परिवर्तन से संभव है।

किशोरावस्था और बच्चों की देखभाल

किशोरावस्था (12–19 वर्ष) जीवन का वह संवेदनशील दौर है जब बच्चा बचपन से निकलकर युवावस्था की ओर बढ़ता है। यह समय केवल शारीरिक परिवर्तन का नहीं, बल्कि मानसिक, भावनात्मक और सामाजिक बदलावों का भी होता है। इस आयु में सही मार्गदर्शन, संवाद और संवेदनशील परवरिश अत्यंत आवश्यक है, क्योंकि यही वह चरण है जहाँ बच्चे अपनी अलग पहचान बनाने की कोशिश करते हैं और अनेक दुविधाओं से गुजरते हैं। प्रस्तुत लेख में किशोरावस्था से जुड़े पहलुओं को सरल भाषा में समझाया गया है और अंत में अभिभावकों के लिए सुझाव भी दिए गए हैं।

पहले समझने की कोशिश करते हैं कि किशोरावस्था (12–19 साल) में बच्चे किन बदलावों से गुजरते हैं। यह वह उम्र है जब बच्चा न तो पूरी तरह 'बच्चा' रह जाता है और न ही 'वयस्क' होता है। वह शारीरिक, मानसिक (दिमागी), मनोवैज्ञानिक (भावनात्मक) और सामाजिक बदलावों से गुजरता है। इस क्रम में वह माँ-बाप, स्कूल, पड़ोस और हम उम्र मित्रों के समूह से प्रभावित होता है (और अब इंटरनेट भी एक नया प्रभाव क्षेत्र बन गया है)।

इन बदलावों के साथ उसे अपने अंदर हो रहे परिवर्तनों को समझना और उनके साथ तालमेल बिठाना होता है। साथ ही परिवार और मित्र समूह के साथ भी सामंजस्य बैठाना पड़ता है। इस उम्र में बच्चों पर माँ-बाप का प्रभाव कुछ कम और मित्रों के समूह का प्रभाव अधिक हो जाता है।

इस उम्र के बच्चे अक्सर माँ-बाप की बातों को अनदेखा या खारिज करना शुरू कर देते हैं ताकि वे अपनी अलग पहचान स्थापित कर सकें। इसका

अर्थ यह नहीं कि वे माँ-बाप से प्रेम नहीं करते, बल्कि उन्हें अपनी स्वतंत्र पहचान चाहिए होती है। उन्हें बच्चों की तरह व्यवहार किया जाना अच्छा नहीं लगता। इसलिए कहा जाता है कि इस उम्र में माता-पिता को बच्चों के साथ मित्रवत व्यवहार करना चाहिए।

किशोरावस्था में बच्चे पहचान के संकट से गुजरते हैं। उन्हें अपनी अलग पहचान बनाने की चिंता रहती है। इस कारण वे माता-पिता की छाया से दूर जाना चाहते हैं, क्योंकि उन्हें बार-बार "राजा बेटा" या "लाडली बेटी" कहकर पुकारा जाना उनकी स्वतंत्र पहचान में बाधा लगता है। इस उम्र में वे आत्मकेन्द्रित सोच का भी शिकार होते हैं, जिसमें वे स्वयं को बहुत खास और अनोखा समझते हैं। उन्हें लगता है कि लोग हमेशा उन्हें देख रहे हैं और उनकी आलोचना कर सकते हैं। इसलिए वे अक्सर फिल्मों के नायकों में स्वयं को देखने लगते हैं और उनकी नकल करते हैं। चलने के तरीके, कपड़े, केश-सज्जा आदि में बदलाव इसी प्रभाव में होता है।

किशोरावस्था में बच्चों के मन में हीनभावना भी पनप सकती है, जैसे कद छोटा होना,दाढ़ी-मूँछ ठीक से न आना, दुबला-पतला होना, रंग-रूप, आकर्षक न दिखना, आवाज पतली होना, शरीर के विभिन्न अंगों को लेकर चिंता, प्रेमी-प्रेमिका न होना आदि। इस उम्र में समाज द्वारा स्थापित स्त्री-पुरुष संबंधों के सामान्य ढाँचे में स्वयं को फिट करने का दबाव भी रहता है। यदि उनका कोई प्रेमी-प्रेमिका बन जाए तो वे अपने मित्र समूह में स्वयं को "सफल" समझने लगता हैं ।

अक्सर देखा जाता है कि किशोर लड़के मित्रों के बीच अपनी छवि मजबूत करने के लिए झूठ भी बोल देते हैं। यदि प्रेमिका न हो तो होने का दावा करते हैं, और यदि एक हो तो कई होने का बढ़ा-चढ़ाकर उल्लेख

करते हैं। यदि किसी एक लड़की से शारीरिक संबंध बन जाए तो उसे भी बढ़ाकर बताते हैं। यह उनके पुरुषत्व से जुड़े हीनभाव को कम करने का एक तरीका होता है।

किशोर अपनी कमजोरियों को छिपाने और अपनी ताकतों को बढ़ा-चढ़ाकर दिखाने की कोशिश करते हैं। मित्र समूह में स्वीकार किए जाने और "मर्द" के रूप में पहचाने जाने की चाह में वे कई बार गलत कार्य भी कर बैठते हैं। यही मित्र दबाव कभी-कभी गंभीर अपराधों तक ले जा सकता है।

किशोरावस्था में लैंगिक और हार्मोन से जुड़े बदलाव भी होते हैं। यदि इन बदलावों के बारे में सही दिशा देने वाले मित्रवत माता-पिता न हो, तो बच्चे जानकारी अपने हम उम्र साथियों या इंटरनेट से लेते हैं। यदि उन्हें यौन संबंध और बलात्कार में अंतर, सहमति और असहमति का महत्व नहीं बताया जाएगा, तो वे समाज में प्रचलित गलत धारणाओं को ही सही मान बैठेंगे। यदि उनकी पहुँच अश्लील सामग्री या गलत संदेश देने वाली फिल्मों तक होगी, तो उनके भीतर विषाक्त पुरुषत्व की भावना विकसित हो सकती है।

इसलिए यौन शिक्षा, शरीर संबंधी जानकारी, सहमति का अर्थ और लैंगिक संवेदनशीलता की शिक्षा छोटी उम्र से ही शुरू होनी चाहिए। वरना जो घटनाएँ सामने आती हैं, वे केवल बड़ी समस्या का एक छोटा हिस्सा भर हैं।

संस्कार, परंपरा, रीति-रिवाज, बच्चों के सवालों का उत्तर न देना, पूछने पर चुप करा देना, नैतिकता और अश्लीलता के नाम पर कृत्रिम दीवार खड़ी करना, ये सब मिलकर बच्चों में गलत धारणाएँ पैदा कर देते हैं। वे

समाज में स्त्रियों के प्रति भेदभाव और दमन को सामान्य मानने लगते हैं। फिर माता-पिता पूछते हैं- हमने परवरिश में क्या कमी छोड़ी ?

सिर्फ अच्छी सुविधाएँ देना, महंगे स्कूल में दाखिला दिला देना, जेब खर्च देना ही अच्छी परवरिश नहीं है। बालक-बालिका के मनोवैज्ञानिक और शारीरिक परिवर्तनों को समझना और उसके साथ संवाद बनाए रखना अधिक जरूरी है।

समाधान क्या है ?

- सभी माता-पिता को बाल मनोविज्ञान की बुनियादी जानकारी अवश्य लेनी चाहिए।
- बढ़ते बच्चों के साथ केवल माता-पिता की तरह नहीं, बल्कि मित्रवत व्यवहार करें।
- यौवनारंभ के साथ ही बिना झिझक उनसे शरीर, हार्मोन परिवर्तन और सहमति-असहमति पर खुलकर बात करें।
- बच्चों के किसी भी प्रश्न को टालें नहीं; सहजता से उत्तर दें।
- स्वयं भी लैंगिक समानता और संवेदनशीलता वाला जीवन जिएँ।
- स्त्री-विरोधी, शरीर का मजाक उड़ाने वाली या यौन हिंसा से जुड़ी गालियों का प्रयोग बंद करें।
- किशोर वय बालक-बालिका को बच्चों की तरह व्यवहार करके उनकी पहचान को दबाएँ नहीं; उनकी स्वतंत्र और लोकतांत्रिक सोच को प्रोत्साहित करें।
- कठोर पाबंदियों के बजाय संवाद पर आधारित उदार परवरिश अपनाएँ।

- आवश्यकता हो तो किसी अच्छे मनोवैज्ञानिक और चिकित्सक से सलाह लें।
- नैतिकता दबाव या डर से नहीं, बल्कि तर्क और तथ्य से विकसित होती है।
- आज के समय में बच्चों को इंटरनेट और मोबाइल से पूरी तरह दूर रखना संभव नहीं है। इसलिए बेहतर है कि वे गलत स्रोतों से जानकारी लेने से पहले माता-पिता ही उन्हें सही और वैज्ञानिक जानकारी दें।

यह विषय केवल बच्चों का नहीं, पूरे समाज के भविष्य का है। यदि हम संवेदनशील, जागरूक और संवादपरक परवरिश अपनाएँ, तो हम एक अधिक समान, सुरक्षित और मानवीय समाज का निर्माण कर सकते हैं।

प्राथमिक स्तर पर यौन शिक्षा

बच्चों को 'यौनिकता' के विषय में जानने या प्रश्न करने की स्वतंत्रता दी जाए या नहीं, इस मुद्दे पर अलग-अलग लोगों की अलग-अलग राय सामने आती है। जब भी हम बच्चों के संदर्भ में बात करना शुरू करते हैं तो स्वतंत्रता की सीमाएँ खींची जाने लगती हैं, जबकि मेरा मानना है कि स्वतंत्रता सदैव असीमित होनी चाहिए। जब हम शर्त लगाना या पाबंदी लगाना शुरू करते हैं तो स्वतंत्रता स्वतंत्रता नहीं रह जाती, बल्कि वह प्रतिबंध बन जाती है।

हम बच्चों से कहते हैं कि इन-इन विषयों पर अथवा यहाँ-यहाँ तक तुम्हें बात करने की आज़ादी है, प्रश्न पूछने की स्वतंत्रता है; मगर इन-इन विषयों पर तुम बात नहीं कर सकते, प्रश्न नहीं पूछ सकते। तब हमें सोचना चाहिए कि हम उन्हें कैसी स्वतंत्रता दे रहे हैं।

बच्चे उसी समाज का अंग हैं जिसमें हम रह रहे हैं। आज मीडिया जिस असंतुलित तरीके से विज्ञापनों और कार्यक्रमों में 'सेक्स' विषय को प्रस्तुत कर रहा है, वह बच्चों तक भी पहुँच रहा है और उनमें जिज्ञासा पैदा कर रहा है। स्वाभाविक रूप से जब बच्चे यौनिकता के विषय में जानना चाहते हैं, प्रश्न पूछते हैं, तो उन्हें डाँटकर चुप करा दिया जाता है या कह दिया जाता है कि अभी तुम्हारी उम्र नहीं है इन सबके बारे में जानने की।

हमारा यह 'इंकार' बच्चों की जिज्ञासा को और बढ़ा देता है। वे सोचते हैं- आखिर बात क्या है ? सब इसे हमसे क्यों छिपाते हैं ? हमें क्यों नहीं

बताया जाता ? फलस्वरूप वे अन्य माध्यमों से अपनी जिज्ञासा शांत करने का प्रयास करते हैं और कई बार गलत संगति या अश्लील सामग्री की ओर आकर्षित हो जाते हैं। वहाँ से उन्हें आधी-अधूरी जानकारी मिलती है जो और भी अधिक खतरनाक होती है। बच्चों द्वारा एक-दूसरे के प्रति अश्लील शब्दों का प्रयोग करना, दीवारों या पुस्तकों पर लिखना, बढ़ते यौन अपराध, छेड़छाड़, लड़कियों को देखकर फब्तियाँ कसना। इन सबके मूल में यदि हम जाएँ तो पाएँगे कि संतुलित जानकारी का अभाव और जिज्ञासाओं के दमन की भी महत्वपूर्ण भूमिका है।

जब बचपन से ही नैतिकता के दबाव के कारण छिपाने की नीति अपनाई जाती है तो समस्याएँ विकराल रूप ले लेती हैं। घरों में बच्चे जब यौनिकता संबंधी प्रश्न पूछते हैं तो उन्हें डाँट दिया जाता है। विद्यालयों में भी स्थिति अलग नहीं है, वहाँ भी शिक्षक अक्सर इन प्रश्नों से बचते हैं। मैं एक ऐसे विद्यालय में बच्चों के साथ काम करता रहा हूँ जहाँ बच्चे भय-रहित वातावरण में अपनी गति से सीखते हैं और शिक्षक-बालक संबंध मित्रवत होते हैं। एक दिन पर्यावरण अध्ययन के दौरान शरीर के विभिन्न अंगों पर चर्चा करते समय बच्चों ने प्रश्न पूछे - बच्चे कैसे पैदा होते हैं? शादी से पहले बच्चे क्यों नहीं होते? क्या हम सबको भगवान ने बनाया है ? इन प्रश्नों को सुनकर मुझे आश्चर्य भी हुआ और खुशी भी, क्योंकि पहली बार बच्चों ने विश्वास के साथ अपनी जिज्ञासा व्यक्त की थी। यह आवश्यक है कि शिक्षक और बालक के बीच इतना विश्वास हो कि वे अपनी हर जिज्ञासा रख सकें। जब बच्चे पहली बार प्रश्न पूछते हैं तो उनके सरल और स्वाभाविक प्रश्नों के उत्तर भी सरल और स्वाभाविक

ढंग से देने चाहिए। लंबे समय तक प्रश्नों का समाधान न होने से ही समस्याएँ बढ़ती हैं।

कुछ लोग तर्क देते हैं कि इन विषयों पर बताने से बच्चों का ध्यान यौन विषयों की ओर केंद्रित हो जाएगा, जबकि वास्तविक खतरा यह है कि वे संबंधित तथ्यों से अनभिज्ञ रह जाएँगे। बच्चे का यह जानना कि बच्चा कैसे पैदा होता है कोई यौन प्रवृत्ति नहीं बल्कि वैज्ञानिक जिज्ञासा है।

माता-पिता की इसमें महत्वपूर्ण भूमिका हो सकती है, विशेषकर माँ की। मातृत्व केवल जैविक प्रक्रिया नहीं, बल्कि संवेदनात्मक और शैक्षिक जिम्मेदारी भी है। यदि अभिभावक बच्चों के मार्गदर्शक बनें तो स्थिति बेहतर होगी।

दुर्भाग्य से हमारी शिक्षा व्यवस्था ने यौनिकता को उपेक्षा और घृणा की दृष्टि से देखा है। परिणामस्वरूप किशोरावस्था में बच्चे अनेक भ्रमों और कठिनाइयों से गुजरते हैं। पाठ्यक्रम में प्रजनन अंगों के नाम तक नहीं होते और शिक्षक भी इस विषय पर बात करने में संकोच करते हैं।

प्राथमिक स्तर पर यौन शिक्षा को पर्यावरण अध्ययन या सामाजिक अध्ययन के साथ जोड़ा जा सकता है। इसे पौधों और पशुओं से शुरू कर धीरे-धीरे मानव शरीर तक लाया जा सकता है। सह-शिक्षा के वातावरण में आपसी विश्वास विकसित कर संवेदनशील विषयों पर बातचीत की जा सकती है। इस प्रकार बच्चों को जीवन के सभी पक्षों के साथ-साथ यौनिकता की भी प्रारंभिक शिक्षा दी जानी चाहिए ताकि वे भ्रम और गलत धारणाओं से बच सकें।

अतः विद्यालयों में यौन शिक्षा आवश्यक है। यदि समय रहते इस दिशा में प्रयास नहीं किए गए तो इसके गंभीर परिणाम हो सकते हैं।

(शिक्षा विमर्श पत्रिका के मार्च-अप्रैल 2000 के अंक में प्रकाशित आलेख)

गणित शिक्षण के बारे में : एक अनुभव

बच्चों के सीखने की प्रक्रिया घर, परिवार और अपने परिवेश से ही प्रारम्भ हो जाती है। परन्तु जब वे विद्यालय में प्रवेश करते हैं तो अधिक सुव्यवस्थित और औपचारिक तरीकों से शिक्षक की सहायता से दुनिया को जानने, समझने और सीखने का प्रयास करते हैं। इस बात से शायद ही किसी को असहमति हो कि सीखना मूलतः संसार को समझने की प्रक्रिया है । हम दुनिया को कैसे देखते हैं और कैसे समझते हैं, यही हमारा ज्ञान बनता है।

विद्यालय में बच्चों को जो ज्ञान प्राप्त होता है वह समझ के विभिन्न रूपों से संबंधित होता है। जैसे प्रकृति कैसे व्यवहार करती है, मानव और समाज के संबंध कैसे संचालित होते हैं, अतीत क्या रहा है, नैतिकता और सौन्दर्यबोध क्या हैं आदि। दुनिया की समग्र समझ विकसित करने में भाषा, पर्यावरण अध्ययन, विज्ञान, इतिहास, सामाजिक विज्ञान और गणित की महत्वपूर्ण भूमिका होती है। इनमें भाषा और गणित ऐसे बुनियादी रूप हैं जिनके बिना अन्य किसी भी प्रकार की समझ विकसित करना कठिन हो जाता है।

इस लेख का उद्देश्य इन सभी क्षेत्रों का सैद्धांतिक विश्लेषण करना नहीं है, बल्कि अपने अनुभवों के आधार पर यह साझा करना है कि विद्यालयों में हम समझ के एक महत्वपूर्ण क्षेत्र गणित के साथ कैसा व्यवहार करते हैं। यह अनुभव राजस्थान और उत्तर प्रदेश के कुछ सरकारी विद्यालयों में बच्चों और शिक्षकों के साथ कार्य करते समय प्राप्त हुआ।

गणित को समझने से पहले यह स्पष्ट करना आवश्यक है कि गणित किस प्रकार की ज्ञान-व्यवस्था है। दुनिया को समझने के लिए हमें आकार, संबंध और मात्रा की समझ विकसित करनी पड़ती है तथा अमूर्त और तार्किक संबंध बनाने होते हैं। यह कार्य हम गणित की सहायता से करते हैं। व्यापक रूप से कहा जा सकता है कि गणित संख्या, स्थान और तार्किक संरचनाओं पर आधारित एक प्रणाली है जो स्वीकृत मान्यताओं, परिभाषाओं और नियमों पर निर्मित होती है।

गणित की प्रकृति को समझना भी महत्वपूर्ण है। इसकी अवधारणाएँ , जैसे संख्या, बिन्दु या रेखा,प्रत्यक्ष रूप से भौतिक संसार में नहीं मिलतीं। ये उच्च स्तर की अमूर्त अवधारणाएँ हैं, किन्तु इन्हीं के माध्यम से हम वास्तविक संसार को समझते और व्याख्यायित करते हैं। उदाहरण के लिए दशमलव संख्या पद्धति या वृत्त को 360 अंशों में विभाजित करना तार्किक अनिवार्यता नहीं, बल्कि स्वीकृत परंपराएँ हैं; पर एक बार स्वीकार करने पर पूरी गणितीय व्यवस्था तार्किक रूप से निर्मित हो जाती है।

विभिन्न शिक्षक प्रशिक्षण के दौरान अनुभव हुआ कि अधिकांश शिक्षक गणित को “परम सत्य” मानते हैं । ऐसा सत्य जिसे केवल सिद्ध करना होता है, समझना नहीं। कुछ शिक्षक इसे विज्ञान जैसा अनुभवजन्य विषय भी मानते हैं, जबकि विज्ञान में सत्यापन के लिए अवलोकन और प्रमाण आवश्यक होते हैं। गणित की प्रकृति को लेकर यह भ्रम शिक्षण पद्धति को सीधे प्रभावित करता है।

एक महत्वपूर्ण प्रश्न यह भी है कि क्या शिक्षक बच्चों के पूर्वज्ञान को पहचानते हैं। बच्चे विद्यालय में आते समय भाषा की तरह ही कुछ

गणितीय समझ भी लेकर आते हैं। दूरी का अनुमान, वस्तुओं की तुलना, समूह बनाना आदि। परंतु कक्षा में इस ज्ञान का उपयोग प्रायः नहीं किया जाता।

शिक्षकों से बातचीत में अक्सर यह सामने आता है कि गणित इसलिए पढ़ाया जाता है ताकि बच्चे दैनिक जीवन का हिसाब-किताब कर सकें , जैसे खरीद-फरोख्त या साधारण गणना। तब प्रश्न उठता है कि क्या गणित का उद्देश्य केवल व्यावहारिक उपयोग तक सीमित है, या वह बौद्धिक विकास का माध्यम भी है ?

अधिकांश पाठ्यपुस्तकों में गणित को उदाहरण देकर और उसी प्रकार के प्रश्न हल करवाकर पढ़ाया जाता है। शिक्षक संकेत देते हैं, जैसे "कुल मिलाकर" शब्द आए तो जोड़ करो और इस प्रकार गणित यांत्रिक प्रक्रिया बन जाता है। परिणामतः बच्चे प्रक्रियाएँ रट लेते हैं, अवधारणाएँ नहीं समझते।

गणित में अवधारणाएँ क्रमबद्ध होती हैं; प्रत्येक नई अवधारणा पूर्ववर्ती समझ पर आधारित होती है। जब इस क्रम की अनदेखी होती है तो बच्चे उत्तर तक पहुँच जाते हैं, पर समझ विकसित नहीं होती।

प्राथमिक कक्षाओं में न तो शिक्षक बच्चों से तर्क करवाते हैं और न स्वयं गणितीय प्रमाण प्रस्तुत करते हैं। प्रायः प्रायोगिक प्रदर्शन को ही प्रमाण मान लिया जाता है, जो वास्तविक गणितीय प्रमाण से भिन्न है।

प्रशिक्षणों में पाया गया कि अनेक शिक्षक स्वयं प्राथमिक गणितीय अवधारणाओं, जैसे भिन्न, ऋणात्मक संख्या या स्थानमान को स्पष्ट रूप से नहीं समझते। उदाहरण के लिए 4/3 को चित्रित करने को कहने पर

कई शिक्षकों ने 3/4 बना दिया। इससे स्पष्ट है कि अवधारणा की अस्पष्टता बच्चों की समझ को भी प्रभावित करती है।

इसी कारण शिक्षक बच्चों के प्रश्नों से बचते हैं और सीधे परिभाषाएँ बता देते हैं, ताकि चर्चा न करनी पड़े।

शिक्षकों में पाठ्यपुस्तक को अंतिम प्रमाण मानने की प्रवृत्ति भी देखी गई। वे न बच्चों को चर्चा का अवसर देते हैं और न वैकल्पिक समाधान खोजने को प्रेरित करते हैं। पुस्तक में दिया गया तरीका ही एकमात्र सही तरीका मान लिया जाता है।

इन अनुभवों से स्पष्ट है कि गणित शिक्षण की प्रमुख समस्याएँ हैं —

- गणित की प्रकृति को लेकर भ्रम
- बच्चों के पूर्वज्ञान की उपेक्षा
- यांत्रिक और रटने पर आधारित शिक्षण
- अवधारणात्मक समझ और प्रमाण का अभाव
- शिक्षक की स्वयं की गणितीय समझ की सीमाएँ
- पाठ्यपुस्तक को अंतिम सत्य मानने की प्रवृत्ति

गणित को समझ आधारित विषय बनाने के लिए आवश्यक है कि शिक्षक बच्चों को तर्क करने, चर्चा करने और अपनी परिभाषाएँ निर्मित करने के अवसर दें तथा स्वयं भी गणित की अवधारणात्मक समझ विकसित करें।

कितने आज़ाद हैं हम ?

आजादी की के उत्सव मनाए जाने के अवसर पर हमें इस प्रश्न से अवश्य रूबरू होना चाहिए कि एक भारतीय नागरिक के रूप में हम वास्तव में कितना आज़ाद महसूस करते हैं ? क्या हम सामाजिक न्याय, समता, बंधुत्व और स्वतंत्रता जैसे उन मूल्यों को अपने जीवन तथा सत्ता संचालित करने वाले नेतृत्व के आचरण में उतार पाए हैं, जिनकी कल्पना हमारे संविधान निर्माताओं ने की थी ? क्या हमारी न्याय व्यवस्था जमीनी स्तर से लेकर सर्वोच्च न्यायालय तक संविधान की प्रस्तावना में निहित मूल आत्मा की कसौटी पर खरी उतर रही है ?

विपक्ष-मुक्त राजनीति की कल्पना, आलोचना के प्रति असहिष्णुता, कानून के दुरुपयोग के आरोप, विरोधी स्वरों को दबाने की कोशिश, बौद्धिक वर्ग के प्रति तिरस्कार और लोकतांत्रिक संस्थाओं की निरंतर उपेक्षा। ये सब प्रश्न आज सार्वजनिक विमर्श का हिस्सा बन चुके हैं। तथ्यों और इतिहास की व्याख्याओं को लेकर चल रही बहसें भी समाज में चिंता पैदा करती हैं। शिक्षा के क्षेत्र में पाठ्यवस्तु परिवर्तन, वैज्ञानिक दृष्टिकोण और तर्कशीलता पर हो रही चर्चाएँ तथा आस्था और विज्ञान के संबंध को लेकर उठते विवाद भी इसी व्यापक संदर्भ का भाग हैं।

संविधान निर्माताओं ने न्याय, समता, स्वतंत्रता और बंधुत्व को आजादी के चार स्तंभ माना था। इन स्तंभों में से किसी एक के भी कमजोर पड़ने पर स्वतंत्रता की बुनियाद डगमगा सकती है। लोकतांत्रिक सरकार के लिए ये मूल्य नैतिक दिशासूचक की तरह कार्य करने चाहिए। एक संवेदनशील राज्य का दायित्व होता है कि वह समाज में तर्कशीलता, सहानुभूति और संवाद को बढ़ावा दे, न कि भावनात्मक ध्रुवीकरण को।

एक लोकतांत्रिक और धर्मनिरपेक्ष शासन व्यवस्था सभी नागरिकों के साथ समान व्यवहार करती है तथा आस्था के नाम पर हिंसा या भेदभाव को वैधता नहीं देती। वह सामाजिक आंदोलनों को लोकतांत्रिक अभिव्यक्ति के रूप में देखती है, न कि उन्हें केवल व्यवधान के रूप में। नागरिक अधिकारों की रक्षा, असहमति के सम्मान और संवाद की संस्कृति, यही लोकतंत्र की पहचान है।

दरअसल भय से मुक्ति ही वास्तविक स्वतंत्रता का आधार है। कानून-व्यवस्था का उद्देश्य आम जनता में सुरक्षा की भावना और अपराधियों में कानून का भय स्थापित करना होना चाहिए। यदि इसके उलट स्थितियाँ दिखाई देती हैं, तो समाज में असुरक्षा की भावना बढ़ती है। विभिन्न सामाजिक घटनाएँ समय-समय पर हमें यह सोचने पर विवश करती हैं कि क्या हम वास्तव में भयमुक्त समाज की ओर बढ़ रहे हैं।

लोकतंत्र में सत्ता और नागरिक दोनों की जिम्मेदारियाँ होती हैं। यदि शासक वर्ग आलोचना से भयभीत हो और नागरिक प्रश्न पूछने से, तो लोकतांत्रिक संतुलन कमजोर पड़ जाता है। इतिहास बताता है कि अधिनायकवादी प्रवृत्तियाँ अक्सर बहस, तर्क और आलोचना को सीमित करती हैं तथा भावनात्मक आग्रहों को बढ़ावा देती हैं। यही कारण है कि विचार-स्वतंत्रता लोकतंत्र की मूल शर्त मानी जाती है।

भारत ने राजनीतिक रूप से विदेशी शासन से स्वतंत्रता प्राप्त कर ली है, परंतु वास्तविक स्वतंत्रता तभी सुदृढ़ होगी जब संस्थाएँ उत्तरदायी, नागरिक सक्रिय और शासन पारदर्शी होगा। लोकतंत्र

केवल चुनावों तक सीमित नहीं रह सकता; उसे निरंतर सहभागिता, जवाबदेही और संवाद की आवश्यकता होती है।

दीर्घ संघर्षों के बाद प्राप्त स्वतंत्रता हमारे सामने बड़ी जिम्मेदारियाँ भी रखती है। स्वतंत्रता का वास्तविक अर्थ तर्कसंगत व्यक्तित्व का विकास और अपने कर्मों की नैतिक जिम्मेदारी स्वीकार करना है। आज प्रत्येक नागरिक को यह तय करना होगा कि स्वतंत्रता केवल नारा बनकर न रह जाए, बल्कि जीवन का व्यवहारिक मूल्य बने।

अतः आवश्यकता है कि समाज और राज्य दोनों मिलकर ऐसे वातावरण का निर्माण करें जिसमें समानता, न्याय, वैज्ञानिक दृष्टिकोण और मानवीय संवेदनाएँ सशक्त हों। तभी हम कह सकेंगे कि हम केवल स्वतंत्र देश के नागरिक नहीं, बल्कि वास्तव में स्वतंत्र नागरिक हैं।

शिक्षक, शिक्षा और समाज

स्वतंत्रता प्राप्ति के पूर्व और उसके बाद भारतीय जनमानस की यह अपेक्षा थी कि स्वतंत्रता मिलते ही हमारी सभी समस्याओं का समाधान स्वतः ही हो जाएगा, परिवर्तन तथा विकास के द्वार खुल जाएँगे। 15 अगस्त, 1947 को हम आज़ाद हो गए। देश में एक बड़ा परिवर्तन आया। अपेक्षा की गई कि कुछ इसी प्रकार का परिवर्तन अन्य समस्याओं के लिए भी होगा। लेकिन विडम्बना यह रही कि यह परिवर्तन अन्य क्षेत्रों में निष्पादित नहीं किया जा सका। शिक्षक सहित शिक्षा के क्षेत्र में भी तत्काल परिवर्तन अपेक्षित था किंतु मंथर गति से परिवर्तन की नीति के परिणामस्वरूप शिक्षा समस्याएँ उलझती चली गईं। दिशाहीन व अधकचरे परिवर्तनों का कोई लाभ नहीं हुआ।

शिक्षा की कार्ययोजना की विफलता के लिए वह वर्ग जिम्मेदार है, शिक्षा और समाज की यथास्थिति में जिसके निहित स्वार्थ हैं। इस वर्चस्वशाली वर्ग को निरंतर भय बना रहता है कि शिक्षा अथवा समाज में किसी भी बड़े परिवर्तन से उसके अनुचित विशेषाधिकार छिन जाएँगे। इस यथार्थ से भी इंकार नहीं किया जा सकता कि शिक्षा के राजनीतिकरण के परिणामस्वरूप भी शिक्षा समस्याएँ और उलझी हैं। कदाचित समाज भी अपने पुरातनपंथी स्वभाव व परम्पराओं से चिपके रहने के कारण बड़े परिवर्तनों के प्रति उदासीन ही रहा है।

शिक्षक और समाज का अब तक का जो संबंध प्रत्यक्षतः दिखाई देता है वह ऐसा दिखता है जैसे शिक्षक समाज पर हावी है, जबकि यह भ्रम मात्र है। वस्तुतः स्थिति बिल्कुल इसके विपरीत है। अब तक समाज परोक्षतः शिक्षक पर हावी रहा है। और वह शिक्षक से यह काम लेता रहा है कि

पुरानी सामाजिक मान्यताएँ, पुराने विचार चाहे वे ठीक हों या गलत हों, आने वाली पीढ़ियों के मन में शिक्षक इनके प्रवेश करा दे। सदियों से समाज जिन बीमारियों से ग्रस्त था उन बीमारियों को समाज शिक्षक के माध्यम से संक्रमित करता रहा है। यह सब इसलिए कि समाज का जो ढाँचा है, जिससे उसके स्वार्थ सिद्ध हो रहे हैं, वह बना रहे। शायद इसीलिए समाज शिक्षक का आदर और सम्मान करता रहा है और इसीलिए उसे "गुरु ब्रह्मा, गुरु विष्णु" कहा गया है। पुरानी पीढ़ी की जो अंध श्रद्धाएँ हैं वह सब पुरानी पीढ़ी नई पीढ़ी पर थोप देना चाहती है। अपने शास्त्र, अपने गुरु, अपनी इच्छा व अपना झगड़ा तक। यह काम वह शिक्षक से लेती रही है।

परिणामस्वरूप आने वाली पीढ़ियों में चेतना का हास होता चला जा रहा है। जब तक हम आने वाली पीढ़ियों को अतीत के भार, निरर्थक मान्यताओं, रूढ़ियों और पुराने विचारों से मुक्त नहीं करेंगे तब तक उनका मानसिक विकास भी अपूर्ण ही रहेगा क्योंकि एक छोटे से बच्चे पर पीढ़ियों के संस्कारों का भार है। उस भार से उसका व्यक्तित्व उभरना असंभव है। प्रत्यक्षतः देखा जा सकता है कि हमारे जितने भी महापुरुष हुए हैं और उन्होंने जो भी कहा है हम उससे आगे विचार नहीं करते। अपने धार्मिक ग्रंथों से आगे सोचने की जहमत नहीं उठाते। आखिर क्यों? क्योंकि इस बात की सदियों से कोशिश चल रही है कि आने वाली पीढ़ियाँ, आने वाले बच्चे इन सब से आगे न निकल जाएँ। वे बस जो कुछ है उस पर विश्वास करते रहें। समाज में इसकी कई व्यवस्थाएँ हैं। समाज अपना अपमान समझता है अगर हम अपने महापुरुषों अथवा महान ग्रंथों से आगे विचार करते हैं या सोचते हैं। वह चाहता है कि कोई

बच्चा विचार न करे, वह बस जो कुछ हम कह रहे हैं या हमारे ग्रंथ कह रहे हैं उस पर विश्वास करता रहे। जबकि विश्वास और विचार की दिशाएँ कई बार विरोधी होती हैं। ग्रंथों को स्वतः प्रमाण मानकर चलने की प्रवृत्ति भारतीय समाज में कूट-कूट कर भरी हुई है। कहीं भी कोई बात करो तुरंत धार्मिक ग्रंथों की उक्तियों को दृष्टांत के रूप में प्रस्तुत कर दिया जाता है।

मैं तथ्यों सहित कहना चाहता हूँ कि ग्रंथों को स्वतः प्रमाण मानने से दुनिया में बहुत अत्याचार हुए हैं। गैलीलियो की दुर्दशा नहीं होती यदि "बाइबिल" को स्वतः प्रमाण नहीं माना जाता। ग्रीक तत्त्ववेत्ताओं के प्राचीन ग्रंथ जो सिकंदरिया के पुस्तकालय में सुरक्षित थे, उनको जलाकर राख नहीं किया जाता यदि मुस्लिम विजेता कुरान को स्वतः प्रमाण नहीं मानते। ग्रंथों को स्वतः प्रमाण मानना जिज्ञासा को रोक देना है जबकि जिज्ञासा ही दुनिया के बड़े-बड़े वैज्ञानिक आविष्कारों का कारण बनी है। यदि गैलीलियो बाइबिल के कहे अनुसार पृथ्वी को चपटी मान लेता तो उसे पृथ्वी के घूमने के नियमों का कहाँ से पता लगता।

यहाँ जोर इस बात पर है कि जब तक हम आने वाली पीढ़ियों को, बच्चों को, समाज को रूढ़ विश्वासों से मुक्त नहीं करेंगे, पुरानी पीढ़ियों द्वारा छोड़ी गई विरासतों से आगे सोचने को प्रेरित नहीं करेंगे तब तक उनमें मानसिक शक्ति का विकास नहीं होगा। हम सब जानते हैं कि "विश्वास" के अँधेरे में जीने वाले लोग धीरे-धीरे विचार के आलोक में आने में ही असमर्थ हो जाते हैं और फिर वे अंधविश्वासी लोग अपने बच्चों को भी अँधेरे में ही दीक्षित कर देना चाहते हैं।

कोई भी विकासशील सृजनात्मक प्रक्रिया भविष्य की ओर उन्मुख होती है, जबकि हम कोई सृजनात्मक कार्य करने लगते हैं तो सर्वप्रथम हमारे अतीत को टटोलते हैं। हमारी शिक्षा और शिक्षक सामान्यतः अतीत की ओर उन्मुख हैं। हमारे सारे आदर्श और सिद्धांत अक्सर अतीत से लिए जाते हैं और समाज के ठेकेदार, धर्म के ठेकेदार तथा राजनीतिज्ञ इन सबको शिक्षक के माध्यम से बच्चों में संक्रमित करते आ रहे हैं। और आश्चर्य इस बात का है कि शिक्षक को इन सबका कोई बोध नहीं है। यदि है तो उसमें विरोध नहीं है। कुछ शिक्षक अपने आपको "गुरु ब्रह्मा, गुरु विष्णु" समझे बैठे हैं। कुछ को पता ही नहीं है कि सेवा के नाम पर उनका शोषण हो रहा है। धर्म के ठेकेदार अपनी धारणाओं को चाहे वे सत्य हों या असत्य बच्चों में उस उम्र में प्रवेश करा रहे हैं जिसमें उनका अपना सोच विकसित नहीं होता।

हम बच्चों को सिखाते हैं कि आपस में प्रेम करो, सहयोग करो, जबकि हमारी पूरी शिक्षा व्यवस्था प्रतियोगिता पर आधारित है। यह बड़ी विरोधाभासी बात है क्योंकि प्रतियोगिता तो ईर्ष्या का रूप है। फिर जहाँ प्रतियोगिता होगी, ईर्ष्या होगी, वहाँ प्रेम कैसे हो सकता है? यह जो समाज बन रहा है, यह हिंसा, पीड़ा और निर्दयता तथा गला-काट प्रतियोगिता कहाँ से आ रही है? ज़रूर हमारी शिक्षा व्यवस्था में कोई बुनियादी भूल है, ज़रूर हमसे कहीं चूक हो रही है। लेकिन यह विडम्बना ही है कि इन सब पर विचार व चिंतन करने के बजाय हम चिंता कर रहे हैं विद्यार्थियों के अनुशासनहीन हो जाने की। हमारा समग्र चिंतन इस बात में उलझा हुआ है कि बच्चों को "डिसिप्लिन" में कैसे लाया जाए।

चूँकि बच्चों ने हमारे पैर छूना बंद कर दिया है, हमारे सामने हाथ जोड़ना बंद कर दिया है और जो बालक यह सब करता है उसे हम अनुशासित कहते हैं। हमारे बनाए हुए तथा थोपी हुई नियमों का (जिनमें बच्चों की कोई सहमति नहीं है) पालन करने वाला अनुशासित है। हम चाहते यह हैं कि बच्चे हम कहें या शिक्षक कहें वही करें, उसे ही मानें। उनका अपना कोई विचार, कोई विवेक न रह जाए। तो मैं कहना यह चाहता हूँ कि हमारी शिक्षा समाज के पारंपरिक ढाँचे को मजबूत करने के लिए ही व्यवस्थित की गई है, उसे तोड़ने के लिए नहीं। इसमें समाज में प्रचलित ढाँचे के सभी स्वार्थ स्वीकार कर लिए गए हैं। हम अगर एक नए समाज की रचना करना चाहते हैं तो हमें सारी शिक्षा व्यवस्था पर पुनर्विचार करना होगा। शिक्षा से सारी प्रतियोगिता, प्रतिस्पर्धा को निकालना होगा। बच्चों को स्वअनुशासन के लिए प्रेरित करना होगा, जो थोपा हुआ न होकर स्वयं बच्चों के विवेक से पैदा हुआ हो।

निष्कर्षतः मेरा मानना है कि समाज जैसा है या समाज की जो मान्यता है, विश्वास है, परम्परा है, उन सबका विश्लेषण करके ही परिवर्तन की दिशा में बढ़ा जा सकता है। निश्चित ही समाज की रूढ़ व्यवस्था, कठोर ढाँचा, पारंपरिक मान्यताओं पर पुनर्विचार की प्रक्रिया कठिन होगी। क्योंकि खुद हमारे मन में ही समाज की इस व्यवस्था के ठीक होने का भाव रहता है। जब हम लोग जिंदगी के बाबत आलोचनात्मक चिंतन करेंगे तो हम सारे समाज को रूपांतरित करने की शुरुआत कर सकेंगे। शिक्षक कहलाने के लिए तो यह एक अनिवार्य शर्त की तरह है।

(शिक्षा-विमर्श पत्रिका के सितम्बर 1999 अंक में प्रकाशित लेख)

बच्चे और स्कूल

जैसा कि हम सभी जानते हैं कि कोरोना काल में समग्र दुनिया के साथ साथ सबसे ज्यादा यदि कुछ प्रभावित हुआ है तो वह है हमारे बच्चों की पढ़ाई! मेरी बच्ची नव्या उस समय क्लास 2 में पढ़ती थी और कोरोना के दौरान वह अपनी स्कूल के नाम के साथ वह कौनसी क्लास में पढ़ती है, यह भी भूल चुकी थी। यह सामान्य सी बात हो सकती है परन्तु चूंकि लम्बे समय से स्कूल न जाने और शिक्षण की व्यवस्थित प्रक्रिया से दूर रहने के कारण बच्चे पढ़ने लिखने की आरंभिक और जरूरी दक्षताएं काफी हद तक भूल चुके हैं। ग्रीष्म कालीन अवकाश के दौरान नानी - दादी के घर की गई मौज मस्ती ने भी सीखने की व्यवस्थित प्रक्रिया को प्रभावित किया है।

ऐसे में यदि बच्चे फिर से स्कूल से जुड़ रहे हैं तो शिक्षा से जुड़े हम सभी शिक्षकों, अभिभावकों, शिक्षाविदों और संस्थाओं से जुड़े हरेक व्यक्ती का दायित्व हो जाता है कि बच्चों को पढ़ना-लिखना सिखाने, मूलभूत गणितीय संक्रियाओं में दक्ष बनाने और अपने आसपास के पर्यावरण से जोड़ने के लिए फिर से उन बुनियादी दक्षताओं पर बच्चों के साथ कार्य किया जाना अत्यावश्यक हो जाता है जिनसे जुड़कर वे शीघ्र ही अपनी पढ़ाई लिखाई को फिर से पटरी पर लाने में सक्षम हो सकते हैं।

उपरोक्त सभी उपक्रम के दौरान शिक्षक की भूमिका काफी महत्वपूर्ण हो जाती है। बच्चों के प्रति शिक्षक का नज़रिया बच्चों में सामाजिक और भावनात्मक विकास में योगदान देने में अहम हो सकता है । मसलन यदि बच्चे कक्षा में आपकी अपेक्षा अनुरूप सवालों के जवाब नहीं दे पा रहे हैं तो परेशान होने की बजाय उनके साथ बुनियादी दक्षताओं पर कार्य करने

की योजना बनाएं। कोशिश कीजिए कि आपकी तरफ़ से कोई ऐसी टिप्पणी या भाव पैदा न हो जिससे बच्चे मानसिक रूप से और दुखी हो जाएं। हो सकता है उन्हें आपस में कक्षा के सभी दोस्तों के नाम भी अब याद नहीं हो। तो ऐसे में बच्चों के साथ कुछ मनोरंजक परिचय की गतिविधियां की जा सकती है जिससे बच्चे पुन: एक दूसरे से भावनात्मक रूप से जुड़ सकें।

शिक्षक के तौर पर भाषा और गणित में आपको उन बुनियादी दक्षताओं की सूची बनाकर उन पर कार्य और तैयारी करनी चाहिए जिससे बच्चे अपने खोए हुए कल को फिर से समझ कर याद कर सकें और अध्ययन की इस यात्रा में आपके साथ खुशी खुशी आगे बढ़ सकें। हमने भाषा में ऐसी गतिविधियों की एक सूची बनाई है जिसमें आपसी परिचय,सरल और जटिल निर्देशों को समझना, वर्णन करना, गांव, घर, परिवार और दोस्तों के बारे में चर्चा के मौके देना, ध्वनियों पर कार्य करना, कुछ चीजों को याद रखना, खेल,वस्तुओं या चित्रों की मदद से वाक्य बनाना, कविताएं गाना, कहानियां सुनना और सुनाना, पहेलियां, किस्से, चुटकले इत्यादि सुनना और सुनाना पर कार्य किया जा सकता है। इसी तरह गणित में कम-ज्यादा, दूर -पास, छोटा - बड़ा,पैटर्न, वस्तुओं की मदद से गिनना, लिखने का अभ्यास करना, एक-एक की संगति इत्यादि पर कार्य किया जाए तो काफी मदद मिल सकती हैं।

उम्मीद है ऊपर दी गई सूची और गतिविधियों में आप अपनी तरफ़ से और चीजें जोड़कर बच्चों के लिए पढ़ना -लिखना सीखने की व्यवस्थित प्रक्रिया को और रुचिकर बनाने में सहयोग करेंगे।

पढ़ने का कौशल और शिक्षक ?

पढ़ना और लिखना एक कौशल है। बच्चों में इस कौशल के विकास में शिक्षक या शिक्षिका की महत्वपूर्ण भूमिका होती है। पढ़ने और लिखने के कौशल के विकास का रिश्ता पढ़ने की आदत से अधिक जुड़ा हुआ है। इसमें शिक्षक बेहद महत्वपूर्ण भूमिका निभा सकते हैं। शिक्षक बच्चों को कहानियां पढ़कर सुनाना, कहानी की किताबों के प्रति एक ललक और जिज्ञासा पैदा करना, कविताओं की किताबों के जरिए भाषा और साहित्य के सौंदर्य के प्रति बच्चों को आमंत्रित करने वाली भूमिकाएं निभाकर शिक्षक बच्चों के लिए किताबों की दुनिया का दरवाज़ा खोल सकते हैं।

क्या है पढ़ने का कौशल ?

क्या हम जानते हैं कि पढ़ने का कौशल क्या है ? आइए इस पर विचार करते हैं। बच्चों द्वारा लिखित सामग्री को डिकोड करने और उससे अर्थ ग्रहण करने की क्षमता ही पढ़ने का कौशल कहलाती है। उदाहरण के तौर पर अगर आप अंग्रेजी भाषा नहीं जानते हैं । ऐसे में अगर आपसे किसी अंग्रेजी के टेक्स्ट को पढ़ने या समझाने के लिए कहा जाए तो हो सकता है कि आप ऐसा न कर पाएं। क्योंकि आपका पूरा ध्यान लिखी हुई सामग्री को डिकोड करने में चला जाए। आप उस टेक्स्ट में लिखे शब्दों के अर्थ खोजेंगे और पूरे वाक्य का अर्थ समझने की कोशिश करेंगे। यहां मूल रूप से आप दो काम कर रहे होते हैं पहला है टेक्स्ट के शब्दों को पहचानना और उसका अर्थ समझने की कोशिश करना। संक्षेप में कह सकते हैं कि शब्दों को पहचानने और उनका सही उच्चारण करने की क्षमता को डिकोडिंग कहते हैं। जबकि उसका अर्थ निकालने की

क्षमता को समझना कहते हैं। अब विचार करते हैं कि यहां हमने डिकोडिंग शब्द का इस्तेमाल किया हैं तो यह डिकोडिंग (Decoding) है क्या ?

जब हम किसी शब्द या लिखित प्रतीकों को पढ़ते हैं तो दृश्य प्रतीकों को सबसे पहले ध्वनि प्रतीकों में बदलते हैं तो किसी शब्द के लिखित प्रतीकों को बोली जाने वाले भाषा के ध्वनि में रूपांतरित करने की क्षमता को ही डिकोडिंग कहते हैं। भाषा के संदर्भ में यह अक्षरों व मात्राओं को पहचानना व उनका सही उच्चारण करना है। शब्द पठन के दौरान किसी शब्द का उच्चारण करना डिकोडिंग कहलाता है। अब खास बात यह है कि डिकोडिंग में अर्थ शामिल भी हो सकता है और नहीं भी हो सकता है। डिकोडिंग की प्रक्रिया बोलकर भी हो सकती है और चुपचाप अर्थात मौन पठन के रुप में भी हो सकती है। लिखित या दृश्य प्रतीकों को ध्वनि प्रतीकों में रूपांतरित करने की क्षमता के माध्यम से बच्चे शब्दों का उच्चारण करना सीख जाते है। कई मर्तबा बच्चे बिना अर्थ ग्रहण किए टेक्स्ट या शब्दों को पढ़ डालते हैं और अगर उस टेक्स्ट या शब्दों का मतलब बच्चों से पूछा जाए तो वे कुछ भी नहीं बता सकने की स्थिति में होते हैं। इसे बिना समझे पढ़ना कह सकते हैं । अगर बच्चों ने वह शब्द पहले सुना हुआ है तो हो सकता है कि वे उसे पहचान पाएं। यानि किसी शब्द की पहचान कर पाना बच्चों के सुने हुए शब्द भण्डार पर निर्भर करता है। बच्चे जैसे-जैसे अच्छी तरह डिकोड करना और साथ में अर्थ ग्रहण करना सीख लेते हैं उनके पढ़ने में एक गति, आ जाती है, इसे धारा-प्रवाह पढ़ना कहते हैं। इससे बच्चे किसी टेक्स्ट या लिखित सामग्री को पढ़ने के साथ-साथ समझ भी पाते हैं।

अब हमने यहां **'समझने'** शब्द का इस्तेमाल किया है तो आइए समझते हैं कि यह समझना होता क्या है ?

पढ़ने के कौशल का एक और महत्वपूर्ण घटक है समझना। किसी लिखित सामग्री को धारा प्रवाह पढ़ते हुए उससे अर्थ निकाल पाना ही समझना है। किसी लिखित सामग्री या टेक्स्ट से अर्थ निकालने में संदर्भों और अंदाजा लगाकर पढ़ने की महत्वपूर्ण भूमिका होती है। उदाहरण के लिए "वह मर गई और सुस्ताने लगी ।" इस वाक्य में कुछ गड़बड़ है। जो मर गई वो सुस्ता कैसे सकती है ? तो हमें संदर्भ के आधार पर अंदाजा लगाना होगा कि शायद 'मर' की जगह 'घर' शब्द होना चाहिए था । यानि समझ के साथ पढ़ने का मतलब है कि बच्चे पाठ्यवस्तु या टेक्स्ट में निहित अर्थ,भावों व विचारों को ग्रहण कर पाएं। अंदाजा लगाकर पढ़ पाएं तथा पढ़ी गई लिखित सामग्री से जुड़े सवालों के जवाब दे पाएं। पढ़ी हुई सामग्री पर विमर्श कर पाएं, उसके बारे में अन्य लोगों को अपने शब्दों में बता पाएं।

किसी भाषा के कालांश में काम करते समय एक शिक्षिका को डिकोडिंग और समझने दोनों पक्षों पर ध्यान देना चाहिए। एक सक्षम और जागरूक शिक्षिका बच्चों में सबसे पहले सुनकर समझने की क्षमता के विकास पर ध्यान देती है ताकि बच्चे निर्देशों को समझ पाए और कहानियों और कविताओं को सुनकर समझ के साथ उनका आनंद ले सकें। कहानियों और कविताओं से जहां बच्चों को एक समृद्ध भाषाई माहौल मिलता है वहीं बच्चे एक स्तर पर उस भाषा के डिकोडिंग वाले पक्ष पर जाने के लिए तैयार हो जाते हैं। वे लिखित प्रतीकों व ध्वनि प्रतीकों के बीच एक संबंध बैठा पाने में सक्षम होते हैं यानि डिकोडिंग करना सीख जाते हैं।

इस पूरी प्रक्रिया में शब्दों की ध्वनियों को अंतराल के साथ और अंतराल के साथ बोली गई ध्वनियों को मिलाकर बोलने के अभ्यास बच्चों में शब्द और वाक्य विन्यास को समझने में मदद करते हैं । इसके बाद जब बच्चे गति के साथ कई अक्षरों को मिलाकर शब्द पढ़ते हैं, सुनते हैं तो उस शब्द का अर्थ भी जान पाते हैं। मेरी सात साल की बेटी नव्या जो कक्षा पाँच में पढ़ती है के साथ मेरे इस तरह के प्रयासों के बेहतर नतीजे आए हैं। आज वह कुछ मदद के साथ अंग्रेजी और हिन्दी भाषा के टेक्स्ट खुद पढ़कर समझ लेती है। बच्चों के समझ वाले हिस्से पर काम करने के लिए शिक्षिका पुस्तकालय की चित्र कहानी की किताबों का इस्तेमाल कर सकती है ताकि चित्रों और लिखित सामग्री के बीच वाले संबंध को समझने में बच्चों को मदद मिल सकें। इस तरह बच्चों में समझकर पढ़ने के कौशल विकास के साथ ही शिक्षिका उन्हें किताबों की दुनिया में गोते लगाने के लिए प्रेरित कर सकती है।

सीखने की प्रक्रियाएं और बच्चे ?

बच्चों के साथ सीखने-सिखाने की प्रक्रियाओं में व्यस्त हम सभी को निहायती तौर पर यह मालूम होना चाहिए कि बच्चों के सीखने और ज्ञान निर्माण की प्रक्रिया में ज्ञानेन्द्रियों और कर्मेन्द्रियों के साथ-साथ मस्तिष्क की विशेष भूमिका होती है । बच्चे इस भौतिक और मानवीय जगत से सभी प्रकार के अनुभव जैसे – देखना,सुनना,सूँघना,स्वाद को महसूस करना,छूना इत्यादि अपनी ज्ञानेन्द्रियों यानि कि आँख,कान,नाक,जीभ और त्वचा के माध्यम से ही प्राप्त करते हैं । यह ज्ञानेंद्रियाँ प्राप्त अनुभवों के संकेत हमारे मस्तिष्क को भेजती हैं और मस्तिष्क इन अनुभवों को वर्गीकृत करके याद रखने में महत्वपूर्ण

भूमिका निभाता है । यह प्रक्रिया मस्तिष्क में नियमित रूप से अद्यतन होती रहती है तथा पुराने अनुभवों से संबन्धित कोई नया अनुभव प्राप्त होने पर हमारा मस्तिष्क पुराने अनुभव को सामने लेकर आता है । उदाहरण के लिए यदि आप किसी बच्ची को मटका का चित्र दिखाते हैं तो बच्ची उसे मटका या फिर अपनी स्थानीय भाषा में घड़ा के रूप में पहचान कर आपको बता देती है कि यह मटका या घड़ा है । यदि आप बच्ची से यह सवाल करें कि उसे कैसे पता चला कि यह मटका या घड़ा ही है ? जाहिर है कि बच्ची का जवाब होगा कि उसने पहले से मटका देखा है , छुआ है , उसका घर में उपयोग देखा है, कई बार उसका नाम मम्मी और घर के अन्य सदस्यों के मुख से सुना है इत्यादि । बच्ची के इस जवाब का आप मस्तिष्क के अनुभवों को याद रखने कि क्षमता के संदर्भ में विश्लेषण करें तो पाएंगे कि बच्ची के पास मटका या घड़ा से संबन्धित अनुभव पहले से थे । उसने मटका छुआ और देखा हुआ था, उसके बारे में सुना हुआ था, वह मटका का उपयोग और बनावट से भी परिचित थी । अब यदि आप बच्ची को गिलास या उसका चित्र दिखाएँ तो शायद उसे भी वह पहचान कर बता दें क्योंकि हो सकता है उसके मस्तिष्क में गिलास से संबन्धित अनुभव भी मौजूद हो । लेकिन यहाँ दिमाग में जो भिन्न प्रक्रिया घटित हुई है वो क्या है ? इस बारे में सोचिए? मस्तिष्क में मटका और गिलास से संबन्धित अनुभव अलग-अलग क्यों थे?क्या हमारा मस्तिष्क चीजों को उनके आकार,प्रकार, बनावट,उपयोग इत्यादि के आधार पर उनमें समानता, असमानता इत्यादि देखकर प्राप्त अनुभवों को अपने तरीके से वर्गीकृत करके व्यवस्थित रखने में सक्षम है ? और जब भी जरूरत होती है तो मस्तिष्क उन अनुभवों को छांटकर

हमारे सामने प्रस्तुत कर देता है और इसका जवाब यदि हाँ है तो फिर उस बच्ची को अब एक ऐसी वस्तु भी दिखाई जानी चाहिए जिसको पहले कभी उसने न देखा और न अनुभव किया है? उम्मीद है कि बच्ची उस वस्तु का नाम न बता पाएँ। ऐसा इसलिए सम्भव होगा कि जब मस्तिष्क के पास उस वस्तु से संबन्धित कोई अनुभव ही नहीं है तो बच्ची नाम कैसे और किस आधार पर बता पाएगी? यह प्रयोग आप अपने बच्चों के साथ घर पर करके देखिये। इसका अर्थ यह हुआ कि मस्तिष्क सिर्फ उन्हीं चीजों को पहचानता है जिनके अनुभव उसके पास होते हैं। हालांकि यह भी सम्भव है कि मस्तिष्क उन चीजों को भी कोई न कोई अर्थ या नाम देने की कोशिश करता है जिनके अनुभव उसके पास नहीं होते अर्थात मस्तिष्क की यह भी खासियत है कि वह एक दम नए अनुभव को भी पुराने अनुभव से जोड़कर सार्थक बनाने की कोशिश करता है। हमारा मस्तिष्क पुराने अनुभवों को याद रखने के साथ-साथ जरूरत होने पर उसे बहुत सारे अनुभवों में से छांटकर फिर से पुन: सामने ला सकता है। फिर से याद कर सकता है और यह फिर से याद करने को ही हम पहचानना कहते हैं। हमारा मस्तिष्क अनुभवों से संबन्धित सूचनाओं, जानकारियों को व्यवस्थित बनाकर एक संजाल या अवधारणा के रूप में याद रखने में सक्षम है। इसी को हम 'समझ' का बनना कहते हैं।

अब तक हमने यहाँ जो चर्चा की है क्या आपको इसका सम्बंध बच्चों के सीखने की प्रक्रिया से दिखाई दे रहा है ? यदि हाँ तो कैसे ? और नहीं तो क्यों नहीं ? सोचिए ?

अब तक की गई बातचीत को यदि एक साथ रखकर देंखे तो समझ आएगा कि-

- हम दुनिया के बारे में अनुभव ज्ञानेन्द्रियों के माध्यम से प्राप्त करते हैं।
- ज्ञानेन्द्रियों से प्राप्त अनुभवों के संकेत मस्तिष्क तक जाते हैं।
- मस्तिष्क इन अनुभवों को अमूर्त बनाकर अवधारणा के रूप में सजोकर रखता है।
- हमारा मस्तिष्क इन अवधारणाओं को विभिन्न संजालों के रूप में व्यवस्थित करता है।
- हमारा मस्तिष्क प्राप्त अनुभवों,अवधारणाओं और संजालों को याद रखने में सक्षम है।
- जरूरत पड़ने पर मस्तिष्क इन चीजों या अनुभवों को फिर से याद कर सकता है ।

मस्तिष्क की इन क्षमताओं के कारण ही बच्चों का सीखना सम्भव हो पाता है । सीखने की इस प्रक्रिया में बच्चे अनुभव ग्रहण करते हैं ।

प्राप्त अनुभवों में आपसी सम्बंध बनाते हैं,इन सम्बन्धों को व्यवस्थित,वर्गीकृत विश्लेषित और फिर से याद करते हैं जिससे अवधारणाएँ बनती हैं। यह अवधारणाओं के आपसी सम्बन्धों का ढाँचा ही हमारी समझ कहलाता है और यह जो समझ बन पाती है इसी को आप सीखने का परिणाम कह सकते हैं ।

उक्त चर्चा के निष्कर्ष के तौर पर मैं आपकी मदद के लिए बच्चों के संदर्भ में इन मुख्य बिन्दुओं पर ध्यान आकर्षित करना चाहूँगा –

- सीखना एक सतत प्रक्रिया का नाम है और यह प्रक्रिया निरन्तर चलती रहती है।
- सीखने की इस प्रक्रिया में हम अपने अनुभवों का विश्लेषण करते हुए ज्ञान का निर्माण करते हैं तथा ज्ञान निर्माण की इस प्रक्रिया का हिस्सा बने बगैर ज्ञान का निर्माण सम्भव हो ही नहीं सकता । इसका तात्पर्य यह हुआ कि मेरे लिए कोई और ज्ञान का निर्माण करके नहीं दे सकता जब तक कि मैं खुद सचेत रूप से ज्ञान निर्माण की प्रक्रिया में शामिल नहीं होता ।
- एक व्यक्ति के तौर पर मेरे कर्म, विचार और व्यवहार निश्चित रूप से मेरे ज्ञान का परिणाम होते हैं। सम्भव है कि सारा का सारा ज्ञान किसी व्यक्ति के व्यवहार या कर्म में तुरन्त न दिखाई दें।
- विद्यालय में हम सभी शिक्षक बच्चों के साथ सीखने-सिखाने की प्रक्रियाओं के जरिये समझ, क्षमताओं, कौशलों और मूल्यों का विकास करने के कार्य में हमेशा व्यस्त रहते हैं । यदि हम बच्चों को अधिक़ से अधिक उनके सामाजिक और प्राकृतिक परिवेश और वाततावरण के साथ अंतक्रिया के अवसर उपलब्ध करवायेँ, कुछ भी नया सिखाने से पहले उनके पूर्वज्ञान को टटोलें तथा पूर्वानुभवों से जोड़कर बताएं ,संवाद और चर्चा करने के अवसर दें,बच्चों को चीजों में क्रम, समानता, असमानता देखने, वर्गीकरण और विश्लेषण

करने के अधिकाधिक अवसर उपलब्ध करवाएँ ,अवधारणाओं के आपसी सम्बंध बनाने और आपसी सम्बंध देखने के अवसर दें ,बच्चों को उनके स्तर के अनुसार सीखने के अवसर के साथ-साथ ऐसी परिस्थितियों का निर्माण करें जिनमें बच्चे खुद अपने ज्ञान का निर्माण कर पाएँ तथा शिक्षक के तौर पर हमारी भूमिका सिर्फ एक मददगार के रूप में हो तो सीखने के परिणामों को सहजता से प्राप्त किया जा सकता है ।

'मानव होने की कला' एवं शिक्षा

(माइकल ऑकशॉट के विचारों पर आधारित आलेख)

जीवन की प्रक्रिया को समझाने के लिए अक्सर हम प्रकृति से उपमाएँ लेते हैं। पेड़ का उदाहरण इनमें सबसे सहज है। बीज में जीवन की संभावना होती है, वह अनुकूल मिट्टी, पानी, और धूप पाकर अंकुरित होता है, बढ़ता है, फूल-फल देता है और फिर धीरे-धीरे मुरझा कर समाप्त हो जाता है। इस पूरी प्रक्रिया के लिए किसी बाहरी शिक्षा या निर्देश की आवश्यकता नहीं होती; यह एक जैविक, स्वचालित, और नियत क्रम है।

माइकल ऑकशॉट ने सवाल उठाया कि क्या इंसानी जीवन भी ऐसा ही है ? क्या हम भी केवल जैविक विकास और परिवेश की प्रतिक्रिया के आधार पर विकसित हो जाते हैं ? यदि ऐसा होता तो नई पीढ़ी को पुरानी पीढ़ी से किसी संवाद या शिक्षा की आवश्यकता ही नहीं होती।

लेकिन वास्तविकता यह है कि इंसानी जीवन न तो केवल पेड़ की तरह स्वतः विकसित होने की प्रक्रिया है, और न ही केवल जैविक उपकरणों (genetic equipment) द्वारा तय प्रतिक्रियाओं की श्रृंखला। इंसान होना, सीखने, चुनने और मूल्य निर्धारित करने की क्षमता के साथ जीना है और यह क्षमता केवल जन्म से नहीं आती, बल्कि इसे शिक्षा और अनुभव से अर्जित करना पड़ता है।

मानव जीवन की विशिष्टता : मनुष्य और अन्य जीवों में सबसे बड़ा अंतर यही है कि मनुष्य अपने कार्यों को चुनने, उनकी दिशा तय करने, और उनके परिणामों पर विचार करने में सक्षम है।

चयन की क्षमता : हम यह तय कर सकते हैं कि क्या करना है और क्या नहीं। यह केवल जैविक प्रवृत्तियों से तय नहीं होता।

उद्देश्य का बोध : हमारे कार्यों के पीछे कोई उद्देश्य होता है, केवल तत्कालिक प्रतिक्रिया नहीं।

मूल्य और नियम : हम अपने निर्णयों में नैतिकता, परंपरा और सामाजिक नियमों को भी शामिल करते हैं।

यदि हम केवल जैविक विकास के आधार पर चलते, तो कोई बच्चा स्वतः ही सामाजिक व्यवहार, भाषा, कला, विज्ञान, और नैतिकता सीख जाता। लेकिन ऐसा नहीं होता । हर पीढ़ी को यह सीखना पड़ता है, और यह सीख केवल देख-सुनकर नहीं, बल्कि संरचित शिक्षा, संवाद और अभ्यास से मिलती है।

शिक्षा की अपरिहार्यता

मानव जीवन में सक्रिय भागीदारी के लिए केवल शारीरिक विकास पर्याप्त नहीं। एक बच्चा जन्म के समय न भाषा जानता है, न सामाजिक मानदंड, न पेशेवर कौशल। वह केवल संभावनाओं के साथ पैदा होता है।

भाषा : संवाद और सोच का माध्यम, जिसे सिखाया जाता है।

सामाजिक कौशल : कब बोलना, कब चुप रहना, कैसे मिलना-जुलना, यह स्वतः नहीं आता।

नैतिकता : सही-गलत का बोध जन्मजात नहीं, बल्कि सीखा हुआ है।

ज्ञान और तकनीक : खेती, गणित, इंजीनियरिंग, चिकित्सा, कला, सब पीढ़ियों के अनुभव और शोध से अर्जित।

शिक्षा के बिना मनुष्य जैविक रूप से तो बड़ा हो सकता है, लेकिन सामाजिक और सांस्कृतिक रूप से वह अधूरा ही रह जाएगा।

संवाद की भूमिका : शिक्षा का मूल आधार पीढ़ियों के बीच संवाद है। पुरानी पीढ़ी ने जो अनुभव, मूल्य, और कौशल अर्जित किए हैं, उन्हें अगली पीढ़ी तक पहुँचाना ही शिक्षा का उद्देश्य है। यह संवाद दो स्तरों पर होता है-

1. औपचारिक (Formal) —स्कूल, कॉलेज, विश्वविद्यालय, जहाँ ज्ञान को व्यवस्थित रूप में पढ़ाया जाता है।
2. अनौपचारिक (Informal) — परिवार, समुदाय, मित्र, मीडिया, और व्यक्तिगत अनुभव से मिलने वाला ज्ञान।

बिना इस संवाद के मानव संस्कृति का अस्तित्व ही संभव नहीं। यदि हर पीढ़ी को शून्य से शुरू करना पड़े, तो सभ्यता कभी आगे नहीं बढ़ेगी।

शिक्षा का व्यापक अर्थ

शिक्षा का मतलब केवल किताबें पढ़ना या परीक्षा पास करना नहीं है। इसका उद्देश्य है -

- ज्ञान का हस्तांतरण : विज्ञान, कला, इतिहास, भाषा।
- कौशल का विकास : सोचने, तर्क करने, समस्या हल करने की क्षमता।
- मूल्यों का संचार : ईमानदारी, सहानुभूति, जिम्मेदारी, सहयोग।
- स्वतंत्र सोच : व्यक्ति को केवल जानकारी न देकर, सोचने का तरीका देना।

ऑकशॉट का तर्क है कि शिक्षा वह प्रक्रिया है जिसके द्वारा हम 'मानव होने की कला' सीखते हैं । यह कला केवल जैविक रूप से बढ़ने से नहीं

आती। आज की दुनिया में शिक्षा का महत्व और बढ़ गया है। तकनीकी क्रांति, वैश्विक जुड़ाव, और बदलते सामाजिक ढांचे ने यह साफ कर दिया है कि यदि इंसान केवल अपनी जैविक क्षमताओं पर निर्भर रहे, तो वह पीछे छूट जाएगा।

- तकनीकी युग : आर्टिफ़िशियल इंटेलिजेंस, डिजिटल प्लेटफ़ॉर्म, नई नौकरियाँ।
- सांस्कृतिक विविधता : विभिन्न संस्कृतियों में संवाद और सह अस्तित्व की आवश्यकता।
- पर्यावरण संकट : ऐसे मुद्दे, जिनका समाधान केवल ज्ञान और सहयोग से संभव है।
- मूल्यों का संकट : भौतिक प्रगति के साथ नैतिक शिक्षा की आवश्यकता और भी ज़्यादा।

शिक्षा अब केवल 'जीविका' का साधन नहीं, बल्कि 'जीवन' का आधार बन गई है। इंसान होना एक निरंतर सीखने की प्रक्रिया है। हम पेड़ की तरह केवल बढ़कर खत्म नहीं हो जाते; हम अपने चुनाव, उद्देश्यों और मूल्यों से अपने जीवन को आकार देते हैं। यह क्षमता हमें जन्म से नहीं मिलती। इसे सीखना पड़ता है। शिक्षा ही वह माध्यम है जिसके द्वारा हम 'मानव होने की कला' सीखते हैं, अपने अतीत के अनुभवों को भविष्य की संभावनाओं से जोड़ते हैं, और अपने समाज को आगे बढ़ाते हैं।

माइकल ऑकशॉट का यह विचार आज भी उतना ही प्रासंगिक है क्योंकि अगर हम शिक्षा की इस व्यापक और गहरी परिभाषा को भूल जाएँ, तो हम केवल तकनीकी रूप से विकसित लेकिन मानवीय मूल्यों से रिक्त प्राणी बनकर रह जाएँगे।

अवधारणाएं कैसे बनती हैं ?

मानव मस्तिष्क अद्वितीय है क्योंकि यह न केवल अनुभव करता है बल्कि उन अनुभवों को व्यवस्थित कर उनका सार निकालता है और फिर उस सार को अवधारणाओं के रूप में संरक्षित करता है।हम प्रतिदिन जिन शब्दों का प्रयोग करते हैं जैसे पेड़,घर,न्याय,खुशी ये सभी केवल ध्वनियां नहीं हैं बल्कि इनके पीछे हमारे अनुभव,स्मृतियां और सामूहिक समझ जुड़ी होती है। रिचर्ड स्कैंप ने अवधारणाएं कैसे बनती हैं ? सवाल का जवाब देते हुए बताया कि अवधारणाएं अनुभव, अवलोकन, वर्गीकरण और भाषा के माध्यम से बनती हैं। अवधारणाएं वस्तुनिष्ठ नहीं बल्कि व्यक्तिपरक होती हैं यानी हर व्यक्ति के लिए वे अलग रूप ले सकती हैं। ये हमारे दिमाग का वह मॉडल है जो हमें वास्तविकता को समझने और उससे संवाद स्थापित करने में मदद करता है।जब हम कुत्ता शब्द सुनते हैं तो हमारे मन में विशेष नस्ल का एक चित्र नहीं आता बल्कि सभी कुत्तों की सामान्य विशेषताएं जैसे चार पैर, पूंछ, भौंकना, पालतू जानवर जैसी छवियां एक साथ उभरती हैं। यही कुत्ता की अवधारणा है।अवधारणाएं हमें बिखरे हुए अनुभवों को व्यवस्थित करने में मदद करती हैं। यदि कुत्ता या पेड़ शब्द की साझा अवधारणा न होती तो हर बार हमें उसकी पूरी व्याख्या करनी पड़ती। अवधारणा निर्माण की प्रक्रिया चार चरणों में होती हैं-

1. अनुभव: यह प्रक्रिया का आरंभिक बिंदु है। हम अपनी इंद्रियों के माध्यम से देखना, सुनना, सूंघना, छूना, चखना के अनुभव से विभिन्न वस्तुओं और घटनाओं से परिचित होते हैं। उदाहरण के लिए बच्चा पहली बार नीम का पेड़ देखता है, उसकी छाल को छूता है, उसकी पत्तियों की कड़वाहट चखता है और उसकी छाया में खेलता है।उस

बच्चे के लिए यह अनुभव कच्चा डेटा है अभी उसकी कोई स्थायी अवधारणा नहीं बनी है।

2. अवलोकन: अनुभव के बाद हम उसमें पैटर्न ढूंढते हैं,समानताएं और भिन्नताएं नोटिस करते हैं। जैसे बच्चा अलग-अलग पेड़ देखता है आम, नीम। वह नोटिस करता है कि सभी में तना, शाखाएं , पत्तियां होती हैं भले ही आकार और पत्तियों का रूप अलग हो। अवलोकन वह चरण है जहां दिमाग बिंदुओं को जोड़ना शुरू करता है।
3. वर्गीकरण: जब हम कई वस्तुओं में समान विशेषताएं पाते हैं तो हम उन्हें एक समूह में रख देते हैं और उस समूह को एक नाम दे देते हैं। जैसे बच्चा तय करता है कि नीम, आम और बरगद सभी पेड़ श्रेणी में आते हैं। यह श्रेणीकरण हमें दुनिया की समझ को व्यवस्थित करने में मदद करता है। बिना वर्गीकरण के हर नई चीज हमें अजनबी लगेगी।
4. भाषा: भाषा अवधारणाओं को साझा करने का उपकरण है। भाषा के बिना हमारी अवधारणाएं केवल हमारे मन तक सीमित रहतीं। जैसे बच्चा पेड़ शब्द का उपयोग करके अपनी समझ दूसरों तक पहुंचाता है। भाषा न केवल अवधारणाओं को व्यक्त करती है बल्कि उन्हें स्थिर और सांस्कृतिक रूप से प्रसारित भी करती है।

अवधारणाएं व्यक्तिपरक होती हैं यानी वे हर व्यक्ति के अनुभव और भाषा के अनुसार बदलती हैं। खुशी की अवधारणा एक ग्रामीण किसान के लिए भरपूर फसल हो सकती है तो एक छात्र के लिए परीक्षा में अच्छे अंक।

बच्चों के साथ शिक्षण में हमें इस प्रक्रिया का पालन करना चाहिए।पहले अनुभव(उदाहरण/प्रयोग) फिर अवलोकन (तुलना) फिर वर्गीकरण (सिद्धांत) और अंत में भाषा। यदि अनुभव अधूरा या भ्रमित करने वाला हो तो गलत अवधारणाएं बन सकती हैं। जैसे बचपन में सुनी कोई मिथकों पर

आधारित कहानी जो लंबे समय तक विश्वास का हिस्सा बनी रहती है। हमारे विचार, विश्वास और ज्ञान किसी रहस्यमय प्रक्रिया से नहीं बल्कि एक सुनियोजित मानसिक प्रक्रिया से बनते हैं। स्पष्ट है कि अवधारणाएं स्थायी नहीं होतीं वे अनुभव, भाषा और संस्कृति के साथ बदलती रहती हैं।

क्या है क्षमता आधारित अधिगम

विद्यालय में हर विद्यार्थी अपनी विशिष्ट क्षमताओं, अनुभवों, पारिवारिक परिस्थितियों और मानसिक संरचना के साथ आता है। यह विविधता "मानव स्वभाव की जैविक,सामाजिक और मानसिक सच्चाई" है,जिसे हम सीखने की गति (Learning Pace) कहते हैं। इस सत्य को स्वीकार करना और उसके अनुसार शिक्षण की योजना बनाना ही क्षमता आधारित शिक्षण कहलाता है, जिसका स्पष्ट उल्लेख राष्ट्रीय शिक्षा नीति-2020 में भी किया गया है। परंतु दुखद तथ्य यह है कि हमारे विद्यालयों में अब भी एक-सी गति से पढ़ाया जाता है, यहीं से शिक्षा में असमानता, अरुचि और निष्क्रियता की शुरुआत होती है।

सीखने की गति का वैज्ञानिक आधार :

(क) मानसिक विविधता: हर विद्यार्थी सूचना को ग्रहण करने,विश्लेषण करने और स्मरण रखने की क्षमता में अलग और अद्वितीय होता है।

(ख) शारीरिक कारक: नींद की गुणवत्ता, पोषण,दृष्टि या श्रवण क्षमता या बार-बार बीमार पड़ना भी विद्यार्थियों की सीखने की गति को प्रभावित करता है।

(ग) गरीब परिवारों के बच्चे अक्सर अतिरिक्त जिम्मेदारियों, अस्थिर माहौल या अध्ययन-संसाधनों की कमी से जूझते हैं। वहीं सम्पन्न परिवार के बच्चों को पुस्तकें, इंटरनेट और अभिभावक का समय सहज उपलब्ध होता है।

(घ) भावनात्मक और मनोवैज्ञानिक पहलू : किसी बच्चे को माता-पिता का प्रोत्साहन मिलता है तो कोई घर के कलह या उपेक्षा से जूझता है।

राष्ट्रीय शिक्षा नीति-2020 ने पारंपरिक परीक्षा आधारित शिक्षा की आलोचना करते हुए कहा है कि “शिक्षा का लक्ष्य केवल ज्ञान का संचय नहीं बल्कि क्षमताओं का विकास होना चाहिए।” इसका अर्थ है कि शिक्षक को यह समझना होगा कि हर विद्यार्थी के सीखने की गति अलग होती है और शिक्षण की योजना उसी आधार पर होनी चाहिए।

संभावित समाधान:

(क) व्यक्तिगत सीखने की योजना -हर विद्यार्थी के लिए वर्ष की शुरुआत में बेसलाइन आकलन कर यह तय किया जाए कि उसकी समझ और क्षमता का स्तर क्या है।फिर उसी के आधार पर साप्ताहिक और मासिक शिक्षण योजना बनाई जाए।

(ख) समूहों में शिक्षण कार्य : एक ही कक्षा में समान स्तर वाले विद्यार्थियों को छोटे समूहों में बाँटकर पढ़ाया जाए। तेज़ गति वाले विद्यार्थी दूसरों को समझाने में मदद करें।

(ग) तकनीकी सहायता आधारित लर्निंग प्लेटफॉर्म के माध्यम से विद्यार्थियों को अपनी गति से सीखने की सुविधा दी जा सकती है।

(घ) एक बार परीक्षा लेने के बजाय नियमित मूल्यांकन किया जाए। इससे शिक्षक को पता चलता रहेगा कि कौन-सा विद्यार्थी किस स्तर पर है।

(ङ) शिक्षक प्रशिक्षण संस्थानों में आवश्यकता आधारित शिक्षण तथा क्षमता-आधारित आकलन पर विशेष प्रशिक्षण दिया जाना चाहिए। केन्द्रीय माध्यमिक शिक्षा बोर्ड और राष्ट्रीय शैक्षिक अनुसंधान एवं प्रशिक्षण परिषद इस दिशा में सीखने के प्रतिफल आधारित पाठ्यक्रम

तैयार कर रहे हैं, परंतु ज़मीनी स्तर पर उसका क्रियान्वयन अभी प्रारंभिक अवस्था में है।

शिक्षक केवल जानकारी देने वाला नहीं, बल्कि सुगमकर्ता (मार्गदर्शक) है। उसे चाहिए कि वह बच्चों की विभिन्नता को "समस्या" नहीं, बल्कि "अवसर" माने। शिक्षण विधियों में लचीलापन लाए। प्रयोगात्मक, दृश्यात्मक और खेल-आधारित शिक्षण को अपनाए और सबसे बढ़कर, हर बच्चे को यह विश्वास दिलाए कि उसकी सीखने की गति उसकी अपनी है और वह भी महत्वपूर्ण है।

यदि शिक्षक, अभिभावक और नीति-निर्माता मिलकर "एक-सा नहीं, उपयुक्त शिक्षण" के सिद्धांत को अपनाएँ तो यह संभव है। राष्ट्रीय शिक्षा नीति-2020 के अनुसार, "सीखना हर बच्चे के अनुरूप हो, न कि बच्चे को सीखने के ढाँचे में ढाला जाए।" यदि हम वास्तव में शिक्षा को समानता, गुणवत्ता और समावेशन के मूल्यों पर स्थापित करना चाहते हैं, तो हमें पारंपरिक "समान शिक्षण पद्धति" से आगे बढ़कर व्यक्तिगत शिक्षण योजना की ओर कदम बढ़ाना होगा।

खुद को चुनना स्वार्थ नहीं है

"स्वयं को चुनना भावनात्मक परिपक्वता का संकेत है। यह स्वार्थ नहीं, बल्कि व्यक्तित्व-निर्माण की प्रक्रिया की शुरुआत है।"

प्रसिद्ध मनोवैज्ञानिक कार्ल जंग द्वारा कही गई उक्त बात अत्यंत सटीक और गंभीर है। राष्ट्रीय शिक्षा नीति -2020 में स्पष्ट रूप से उल्लेख किया गया है कि 21वीं सदी में सफलता केवल शैक्षणिक ज्ञान से नहीं, बल्कि कुछ मूलभूत जीवन-कौशलों से संभव होगी। इन कौशलों में आज के परिप्रेक्ष्य में सबसे महत्वपूर्ण है स्वजागरूकता (Self-awareness)

राष्ट्रीय शिक्षा नीति-2020 में स्वजागरूकता के अलावा आपसी सहयोग, समालोचनात्मक चिंतन, रचनात्मकता **और** संचार कौशल (सम्प्रेषण क्षमता) इत्यादि को भी 21वीं सदी के आवश्यक कौशलों में शामिल किया गया है। साथ ही उच्च स्तरीय चिंतन (HOT) की बात कहकर यह स्पष्ट किया गया है कि बिना स्वजागरूकता के अन्य सभी कौशल अधूरे हैं।

जब तक हम स्वयं को नहीं पहचानेंगे, स्वयं पर विजय पाना नहीं सीखेंगे और स्वयं का सम्मान करना नहीं जानेंगे, तब तक किसी और को सच्चा सम्मान भी नहीं दे पाएंगे। स्वयं को पहचानकर स्वीकार करना सबसे बड़ी उपलब्धि है, लेकिन यह एक चुनौतीपूर्ण प्रक्रिया भी है, क्योंकि यह एक थकाऊ और अकेला चलने वाला सफर है। ऐसा सफर जिसमें हर मोड़ पर लोग पूछते हैं—"आप ऐसे तो न थे ?" या "आप इतने स्वार्थी कब से हो गए ?"

जब वास्तव में आप अपने लिए खड़े होते हैं, अपनी सीमाएँ निर्धारित करते हैं और वे कार्य करते हैं जो आपको आंतरिक शांति देते हैं, वहीं से

आप में भावनात्मक परिपक्वता की शुरुआत होती है। यही प्रक्रिया व्यक्तित्व-निर्माण कहलाती है।

“खुद को चुनना स्वार्थ नहीं है, बल्कि यह भावनात्मक परिपक्वता की निशानी है। यह व्यक्तित्व-निर्माण की शुरुआत है।” यह पंक्ति जीवन को समझने और उसे बेहतर दिशा देने का एक गहरा सूत्र है। आज के समय में यह विचार विशेष रूप से प्रासंगिक है, जब हम अपने आसपास लोगों को मानसिक तनाव, पहचान के संघर्ष और आत्म-संदेह से जूझते हुए देखते हैं।

समाज में यह धारणा गहराई से बैठी है कि स्वयं को प्राथमिकता देना स्वार्थ है। हमसे अपेक्षा की जाती है कि हम दूसरों की खुशी, उनकी अपेक्षाओं और सामाजिक दायित्वों को अपने ऊपर रखें। इसका परिणाम यह होता है कि व्यक्ति अपने भीतर की आवाज़ को सुनना बंद कर देता है।

लेकिन जब हम अपनी सीमाएँ निर्धारित करते हैं, अपनी खुशी के लिए निर्णय लेते हैं और स्वयं को स्वीकार करते हैं, तो यह एक परिपक्व मानसिकता की शुरुआत होती है। स्वयं को चुनने का अर्थ यह नहीं कि हम दूसरों की उपेक्षा कर रहे हैं, बल्कि इसका अर्थ है कि हम अपने भीतर की सच्चाई को पहचान रहे हैं। यह समझना कि हमारी सीमाएँ क्या हैं, कौन-सी बातें हमें आहत करती हैं और किससे हमें सुकून मिलता है, यही व्यक्तित्व-निर्माण है।

कार्ल जंग के अनुसार, व्यक्तित्व-निर्माण वह प्रक्रिया है जिसमें व्यक्ति अपने भीतर छिपे विभिन्न आयामों को पहचानता है और एक पूर्ण व्यक्तित्व की ओर अग्रसर होता है। यह प्रक्रिया सरल नहीं होती। इसमें

व्यक्ति को आत्मचिंतन करना पड़ता है, अपने भीतर के अंधकार से गुजरना पड़ता है और स्वयं से असहज प्रश्न करने पड़ते हैं।
जब कोई व्यक्ति स्वयं को चुनता है, तो उसे अस्वीकार, आलोचना और समाज के प्रश्नों का सामना करना पड़ सकता है। मैं इसके लिए मानसिक रूप से तैयार हूँ। क्या आप भी हैं ?

शिक्षा का मानवीय स्वरूप बनाम निर्देशात्मक तंत्र

जब शिक्षा व्यवस्था का संचालन काग़ज़ी कार्यवाही, परिपत्रों और कठोर निर्देशात्मक ढाँचों से होने लगता है, तब कक्षा का जीवंत और स्पंदित संसार धीरे-धीरे अपनी मूल आत्मा खोने लगता है। आज के विद्यालयों में यह दृश्य सामान्य हो गया है कि जैसे ही शिक्षक कक्षा में प्रवेश करता है, उसकी पहली दृष्टि विद्यार्थियों पर नहीं, बल्कि उन निर्देशों पर जाती है जिन्हें विभाग ने पालन करना अनिवार्य बना दिया है। वह यह देखने से पहले कि बच्चे क्या सोच रहे हैं, किस भाव में हैं, किस स्तर पर समझ रहे हैं, यह सुनिश्चित करने में लग जाता है कि बोर्ड पर तिथि लिखी है या नहीं, अधिगम उद्देश्यों का उल्लेख हुआ है या नहीं, निर्धारित गतिविधि प्रारूप में लिखी गई है या नहीं, और मूल्यांकन का प्रारूप निर्देशानुसार है या नहीं। यह स्थिति केवल प्रशासनिक असुविधा भर नहीं है; यह शिक्षा के दर्शन पर एक गंभीर प्रश्न चिह्न है। शिक्षा क्या है ? क्या वह केवल निर्देशों के अनुपालन की प्रक्रिया है, या मनुष्य के भीतर छिपी जिज्ञासा, संवेदना और अनुभव के विकास की यात्रा ? जब शिक्षा अपने जीवंत अनुभवात्मक स्वरूप से हटकर केवल अनुपालन की संस्कृति में बदलने लगती है, तब विद्यालय ज्ञान के केंद्र न रहकर कार्यालयों के विस्तार बन जाते हैं।

शिक्षा का दार्शनिक आधार

शिक्षा का मूल आधार यह रहा है कि शिक्षा एक मानवीय, संवादात्मक और गतिशील प्रक्रिया है। यह केवल सूचना हस्तांतरण नहीं, बल्कि

अनुभवों के पुनर्निर्माण की प्रक्रिया है। अमेरिकी दार्शनिक जॉन ड्यूई ने शिक्षा को "अनुभव का पुनर्निर्माण" कहा था। उनके अनुसार शिक्षा वह प्रक्रिया है जिसके माध्यम से व्यक्ति अपने अनुभवों को समझता है, उन्हें नए संदर्भों में ढालता है और जीवन के साथ उनका संबंध स्थापित करता है।

इसी प्रकार ब्राज़ील के शिक्षाशास्त्री पाउलो फ्रेरे ने शिक्षा को "मुक्ति का संवाद" माना। उनके अनुसार शिक्षा तब सार्थक होती है जब शिक्षक और विद्यार्थी दोनों संवाद में सहभागी हों। शिक्षक केवल ज्ञान देने वाला और विद्यार्थी केवल ग्रहण करने वाला नहीं, बल्कि दोनों मिलकर ज्ञान का निर्माण करते हैं।

इन दोनों दृष्टिकोणों में शिक्षक एक सक्रिय, चिंतनशील और संवेदनशील मार्गदर्शक होता है। वह पाठ्यपुस्तक का पाठक नहीं, बल्कि अनुभवों का संयोजक होता है। वह बच्चों की आँखों में उठते प्रश्नों को पढ़ता है, उनके जीवन संसार को समझता है और उसी के अनुरूप शिक्षा को आकार देता है।

शिक्षक की स्वायत्तता का क्षरण

किन्तु आधुनिक निर्देशात्मक व्यवस्था में स्थिति इसके विपरीत होती जा रही है। शिक्षक को यह स्वतंत्रता नहीं रहती कि वह कब क्या पढ़ाए, कैसे पढ़ाए, किस उदाहरण से समझाए, किस प्रकार आकलन करे। हर बात पूर्वनिर्धारित होती है —

- पाठ की गति
- गतिविधि का प्रारूप
- मूल्यांकन का समय

- प्रश्नों का प्रकार
- उत्तर की अपेक्षित भाषा

ऐसे में शिक्षक का विवेक धीरे-धीरे निष्क्रिय हो जाता है। वह निर्णयकर्ता नहीं, निष्पादक बन जाता है। उसकी सबसे बड़ी पूँजी, उसका अनुभव, उसकी संवेदनशीलता, उसकी परिस्थिति-अनुकूल समझ, अप्रासंगिक हो जाती है।

कक्षा में बैठे बच्चों की वास्तविक आवश्यकताएँ भिन्न-भिन्न होती हैं। कोई छात्र अवधारणा समझने में समय लेता है, कोई उदाहरण से सीखता है, कोई चर्चा से। किन्तु जब समय-सारणी और निर्देश सर्वोपरि हो जाते हैं, तब शिक्षक रुककर समझाने का साहस नहीं कर पाता। वह जानता है कि उसे अगले पीरियड में निर्धारित प्रपत्र भरना है, अगले सप्ताह रिपोर्ट अपलोड करनी है और माह के अंत में लक्ष्य पूरे करने हैं। परिणामस्वरूप शिक्षा का केंद्र बच्चे से हटकर दस्तावेज़ बन जाता है।

मानकीकरण और जवाबदेही की दुविधा

आधुनिक शिक्षा प्रशासन में “मानकीकरण” और “जवाबदेही” के नाम पर निर्देशों की बाढ़ आ गई है। उद्देश्य यह बताया जाता है कि इससे गुणवत्ता सुनिश्चित होगी। हर कक्षा में समान पाठ, समान पद्धति और समान मूल्यांकन से परिणामों की तुलना सरल होगी।

किन्तु व्यवहार में यह प्रक्रिया शिक्षा को यांत्रिक बना देती है। विद्यालय भिन्न होते हैं। ग्रामीण-शहरी, संसाधन-समृद्ध और संसाधन-विहीन, विविध सामाजिक-सांस्कृतिक पृष्ठभूमियों वाले। एक समान निर्देश इन विविधताओं की अनदेखी करते हैं।

फलतः शिक्षा एक जीवंत संवाद न रहकर ऊपर से थोपी गई रंगहीन प्रतिकृति बन जाती है। शिक्षक बच्चों के प्रश्नों को सुनने के बजाय निर्देशों की पूर्ति में व्यस्त रहता है। वह सीखने की प्रक्रिया को समझने के बजाय रिपोर्ट तैयार करने में अधिक समय लगाता है।

तकनीकी मॉडल की ओर झुकाव

शिक्षाशास्त्रीय दृष्टि से यह स्थिति शिक्षा को एक "तकनीकी मॉडल" की ओर धकेलती है। इस मॉडल के अनुसार यदि सही इनपुट, जैसे प्रशिक्षण, सामग्री और निर्देश दे दिए जाएँ तो अपेक्षित आउटपुट अर्थात् अधिगम परिणाम स्वतः प्राप्त हो जाएंगे।

यह दृष्टिकोण मानता है कि शिक्षा एक मशीन है जिसमें यदि उपयुक्त पुर्जे लगा दिए जाएँ तो परिणाम निश्चित होगा। किन्तु शिक्षा मशीन नहीं है। यह मनुष्यों के बीच घटित होने वाली प्रक्रिया है। इसमें भावनाएँ हैं, अनुभव हैं, संदर्भ हैं, संस्कृति है, संबंध हैं। एक ही पाठ दो कक्षाओं में अलग परिणाम देता है क्योंकि बच्चे अलग होते हैं। एक ही शिक्षक दो दिनों में अलग ढंग से पढ़ाता है क्योंकि परिस्थितियाँ अलग होती हैं। यही शिक्षा का जीवंत स्वरूप है।

यदि शिक्षा मशीन नहीं है, तो वह क्या है ? और यदि वह मानवीय प्रक्रिया है, तो उसे नियंत्रित करने का प्रयास क्यों बार-बार उसे निर्जीव बना देता है ?

कक्षा : केवल स्थान नहीं, एक जीवित समुदाय

कक्षा चार दीवारों का कमरा भर नहीं होती। वह एक जीवित सामाजिक समुदाय होती है, जहाँ प्रतिदिन अनेक सूक्ष्म मानवीय प्रक्रियाएँ घटित होती हैं —

- भय से जिज्ञासा का जन्म
- संकोच से अभिव्यक्ति का उभरना
- असफलता से आत्मविश्वास की ओर यात्रा
- और कभी-कभी मौन से संवाद का जन्म

जब शिक्षक कक्षा में प्रवेश करता है, तो वह केवल विषय लेकर नहीं आता; वह वातावरण भी लेकर आता है। उसके चेहरे की मुस्कान, स्वर की कोमलता, प्रश्न पूछने का तरीका, बच्चों के उत्तरों पर उसकी प्रतिक्रिया, ये सब मिलकर शिक्षा का वास्तविक ताना-बाना बनाते हैं। किन्तु जब शिक्षक का ध्यान विद्यार्थियों की आँखों के बजाय प्रपत्रों पर केंद्रित हो जाता है, तब यह जीवंत समुदाय धीरे-धीरे औपचारिक सभा में बदलने लगता है। बच्चे समझ जाते हैं कि यहाँ सीखना नहीं, "पूरा करना" अधिक महत्वपूर्ण है। वे उत्तर देने के बजाय सही उत्तर खोजने लगते हैं; समझने के बजाय अंक अर्जित करने लगते हैं।

इस प्रकार कक्षा का वातावरण खोज से आज्ञा में बदल जाता है।

संवाद हीनता और असहमतियों का अन्त

शिक्षा का सबसे महत्त्वपूर्ण तत्व संवाद है। संवाद केवल प्रश्न-उत्तर नहीं होता; वह विचारों का आदान-प्रदान है। जब विद्यार्थी शिक्षक से असहमति व्यक्त करता है और शिक्षक उसे सुनता है, तभी सीखने की वास्तविक प्रक्रिया प्रारंभ होती है। किन्तु कठोर निर्देशात्मक व्यवस्था में संवाद के लिए स्थान सीमित हो जाता है। समय सारणी इतनी सघन होती है कि शिक्षक रुककर चर्चा नहीं कर सकता। पाठ्यवस्तु इतनी विस्तृत होती है कि प्रश्नों के लिए समय नहीं बचता। मूल्यांकन इतना तात्कालिक होता है कि चिंतन की प्रक्रिया अधूरी रह जाती है।

परिणामस्वरूप सीखना सतही हो जाता है। विद्यार्थी जानकारी याद रखते हैं, पर अर्थ नहीं समझते। वे परीक्षा में लिख सकते हैं, पर जीवन में उपयोग नहीं कर पाते। यह स्थिति उस किसान जैसी है जो बीज बोकर तुरंत पौधा देखने की अपेक्षा करता है, बिना यह समझे कि जड़ बनने में समय लगता है।

नियंत्रण बनाम विश्वास

आधुनिक प्रशासनिक संरचनाएँ अक्सर यह मानकर चलती हैं कि गुणवत्ता नियंत्रण से आएगी। इसलिए हर स्तर पर निगरानी, निरीक्षण और रिपोर्टिंग की व्यवस्था बनाई जाती है। किन्तु शिक्षा नियंत्रण से नहीं, विश्वास से फलती है। जब शिक्षक पर अविश्वास होता है, तब वह रचनात्मक जोखिम नहीं लेता। वह वही करता है जो सुरक्षित है अर्थात् निर्देशों का पालन। धीरे-धीरे उसका पेशेवर आत्मसम्मान क्षीण होने लगता है। वह अपने कार्य को मिशन नहीं, दायित्व समझने लगता है।

विश्वास की कमी का एक और प्रभाव पड़ता है, शिक्षक सीखना बंद कर देता है। क्योंकि जहाँ निर्णय की स्वतंत्रता नहीं होती, वहाँ सुधार की आवश्यकता भी महसूस नहीं होती। इस प्रकार निर्देशों की अधिकता अनजाने में औसत दर्जे की स्थिरता को जन्म देती है।

शिक्षार्थी की भूमिका का परिवर्तन

जब शिक्षा निर्देश-केंद्रित होती है, तब विद्यार्थी भी बदल जाते हैं। वे सहभागी से उपभोक्ता बन जाते हैं । वे पूछते नहीं —“क्यों ?” वे जानना चाहते हैं — “परीक्षा में क्या आएगा ?”

इस परिवर्तन के दीर्घकालिक परिणाम गंभीर होते हैं। ऐसे विद्यार्थी आगे चलकर भी निर्देशों की प्रतीक्षा करते हैं। वे निर्णय लेने से बचते हैं, जोखिम लेने से डरते हैं और नवाचार से दूरी बनाए रखते हैं।

इस प्रकार विद्यालय अनजाने में ऐसे नागरिक तैयार करने लगते हैं जो आदेशों का पालन तो कर सकते हैं, पर स्वतंत्र चिंतन नहीं कर पाते।

मूल्यांकन की संकीर्णता

निर्देशात्मक व्यवस्था का सबसे अधिक प्रभाव मूल्यांकन पर पड़ता है। सीखने को मापने की सुविधा के लिए उसे छोटे-छोटे मापदंडों में बाँट दिया जाता है। किन्तु क्या जिज्ञासा को अंक दिया जा सकता है ? क्या सहानुभूति का प्रतिशत निकाला जा सकता है ? क्या कल्पनाशीलता को ग्रेड में बाँधा जा सकता है ?

जब मूल्यांकन केवल मापनीय उपलब्धियों तक सीमित हो जाता है, तब शिक्षक भी उन्हीं पर ध्यान केंद्रित करता है। परिणामस्वरूप शिक्षा का लक्ष्य संकुचित होकर "जो मापा जा सके" तक सीमित रह जाता है। जो सबसे महत्त्वपूर्ण है। सोचने की क्षमता, संवेदनशीलता, नैतिकता, वही सबसे कम आंका जाता है।

दीर्घ कालिक सामाजिक प्रभाव

इस प्रकार की शिक्षा केवल विद्यालय को प्रभावित नहीं करती; समाज को भी प्रभावित करती है। निर्देश-आधारित शिक्षा ऐसे नागरिक बनाती है जो —

- नियमों का पालन करते हैं, पर प्रश्न नहीं पूछते
- सूचना रखते हैं, पर दृष्टिकोण नहीं बनाते
- प्रतिस्पर्धा करते हैं, पर सहयोग नहीं सीखते

धीरे-धीरे समाज में रचनात्मकता घटती है और अनुकूलन क्षमता कम होती है। ऐसा समाज स्थिर तो रह सकता है, पर प्रगतिशील नहीं बन सकता।

शिक्षा : पुनःस्मरण

अतः आवश्यक है कि हम शिक्षा को पुनः उसके मूल स्वरूप में स्मरण करें। वह प्रक्रिया जिसमें शिक्षक और विद्यार्थी मिलकर अर्थ का निर्माण करते हैं। जहाँ पाठ्यक्रम मार्गदर्शक हो, बंधन नहीं। जहाँ मूल्यांकन अथवा आकलन प्रतिबिंब हो, निर्णय नहीं और जहाँ प्रशासन सहायक हो, नियंत्रक नहीं। जब शिक्षा को निर्देशों से मुक्त कर विश्वास के साथ जोड़ा जाएगा, तभी कक्षा पुनः जीवित अनुभव का स्थल बन सकेगी। जब शिक्षा अत्यधिक निर्देशों, प्रपत्रों और नियंत्रण पर आधारित हो जाती है, तब वह अपने मानवीय स्वरूप को खोने लगती है। परंतु प्रश्न यह है कि क्या समाधान केवल पूर्ण स्वतंत्रता है ? क्या विद्यालयों को बिना किसी दिशा-निर्देश के छोड़ दिया जाए ? स्पष्ट है , नहीं। शिक्षा में पूर्ण नियंत्रण जितना हानिकारक है, उतनी ही अव्यवस्थित स्वतंत्रता या कहें स्वच्छंदता भी। वास्तविक आवश्यकता है संतुलन की। ऐसा संतुलन जिसमें उत्तरदायित्व भी बना रहे और शिक्षक की पेशेवर स्वायत्तता भी सुरक्षित रहे।

प्रशासन की भूमिका : नियंत्रक नहीं, सहायक

शिक्षा प्रशासन का उद्देश्य शिक्षण को नियंत्रित करना नहीं, उसे समर्थ बनाना होना चाहिए। प्रशासन तब उपयोगी बनता है जब वह तीन कार्य करे —

1. दिशा प्रदान करे
2. संसाधन उपलब्ध कराए
3. सहयोगी वातावरण निर्मित करे

परंतु जब प्रशासन चौथा कार्य करने लगता है अर्थात् हर कक्षा के सूक्ष्म संचालन को निर्धारित करना तब समस्या उत्पन्न होती है। विद्यालय एक जीवित संस्था है; उसे नियमों की आवश्यकता होती है, पर साँस लेने की जगह भी चाहिए। यदि शिक्षक को हर क्षण यह लगे कि कोई अदृश्य निरीक्षक उसकी प्रत्येक क्रिया का मूल्यांकन कर रहा है, तो वह प्रयोग करना बंद कर देगा। और जिस दिन प्रयोग बंद हुए, उसी दिन शिक्षा जड़ हो जाएगी।

शिकशक्रम और पाठ्यक्रम : मार्गदर्शक, न कि बंधन

शिक्षाक्रम एवं पाठ्यक्रम का मूल उद्देश्य यह बताना है कि बच्चों को किस प्रकार की समझ और क्षमताएँ विकसित करनी हैं। परंतु जब पाठ्यक्रम "क्या और क्यों पढ़ाना है" से आगे बढ़कर "कैसे और कब पढ़ाना है" तक निर्धारित करने लगता है, तब वह मार्गदर्शक से बंधन बन जाता है। एक ही विषय को विभिन्न संदर्भों में अलग ढंग से पढ़ाया जा सकता है। ग्रामीण क्षेत्र में गणित खेत और माप से समझाया जा सकता है,शहरी क्षेत्र में बाजार और लेन-देन से,और तकनीकी परिवेश में डिजिटल माध्यम से। यदि शिक्षक को यह स्वतंत्रता न मिले, तो पाठ्यक्रम बच्चों के जीवन से कट जाता है। शिक्षा तब रटन-आधारित रह जाती है, अनुभव-आधारित नहीं। इसलिए आवश्यक है कि पाठ्यक्रम लक्ष्य निर्धारित करे, पद्धति नहीं।

मूल्यांकन : भय नहीं, सुधार

शिक्षा में मूल्यांकन का स्थान महत्वपूर्ण है, किन्तु उसका उद्देश्य निर्णय नहीं, सुधार होना चाहिए। वर्तमान व्यवस्था में मूल्यांकन प्रायः नियंत्रण का उपकरण बन जाता है । विद्यालय शिक्षक को परखता है,शिक्षक छात्र को,और छात्र अंक से स्वयं को। पर वास्तविक शिक्षा में मूल्यांकन दर्पण की तरह होना चाहिए जो यह दिखाए कि हम कहाँ हैं और आगे कैसे बढ़ सकते हैं। यदि शिक्षक को यह अधिकार दिया जाए कि वह बच्चों की समझ के अनुसार मूल्यांकन पद्धति में लचीलापन ला सके, तो सीखना गहरा होगा।

मौखिक चर्चा, परियोजना, प्रस्तुति, अवलोकन, ये सब सीखने के अधिक प्रामाणिक संकेत दे सकते हैं बनिस्बत केवल लिखित परीक्षा के।

उत्तरदायित्व की पुनर्परिभाषा

उत्तर प्रदेश के समग्र शिक्षा (माध्यमिक) के साथ राज्य स्तर पर कार्य करते हुए मैंने अनुभव किया कि शिक्षा में उत्तरदायित्व को प्रायः "रिपोर्ट" से जोड़ा जाता है। जितने अधिक दस्तावेज़, उतनी अधिक जवाबदेही। परंतु वास्तविक उत्तरदायित्व दस्तावेज़ों से नहीं, सीखने से मापा जाना चाहिए। यदि विद्यार्थी जिज्ञासु हैं, प्रश्न पूछते हैं, विचार व्यक्त करते हैं, तो शिक्षा प्रभावी है, चाहे फाइलों की संख्या कम ही क्यों न हो। इसलिए उत्तरदायित्व का केंद्र काग़ज़ से हटाकर सीखने के अनुभव पर लाना होगा। निरीक्षण का उद्देश्य त्रुटि ढूँढना नहीं, समझना होना चाहिए। जब विद्यालय निरीक्षक शिक्षक से पूछे —"बच्चों ने क्या सीखा ?"

और साथ ही —"आपको किस सहायता की आवश्यकता है ?" मैं आपकी क्या अकादमिक मदद कर सकता हूँ ?" तभी व्यवस्था सहयोगी बन पाएगी।

शिक्षक : कार्यकर्ता नहीं, पेशेवर

शिक्षक को यदि केवल निर्देश पालन करने वाला कर्मचारी माना जाएगा, तो वह उसी सीमा तक कार्य करेगा। पर यदि उसे एक पेशेवर माना जाएगा, जैसे चिकित्सक या अभियंता तो उससे अपेक्षा भी उच्च होगी और उसका योगदान भी।

पेशेवर होने का अर्थ है, निर्णय लेने की स्वतंत्रता और उसके परिणाम की जिम्मेदारी। शिक्षक तभी अपने कार्य के प्रति गंभीर होगा जब उसे यह महसूस होगा कि उसकी समझ पर विश्वास किया जा रहा है। विश्वास से प्रतिबद्धता जन्म लेती है; नियंत्रण से केवल आज्ञा पालन।

संतुलित मॉडल की परिकल्पना

एक बेहतर शिक्षा व्यवस्था में तीन स्तरों का संतुलन होना चाहिए —

- **नीति स्तर** – व्यापक लक्ष्य और मूल्यों का निर्धारण
- **विद्यालय स्तर** – स्थानीय संदर्भ के अनुसार योजना
- **कक्षा स्तर** – शिक्षक का रचनात्मक निर्णय

जब ये तीनों स्तर एक दूसरे पर हावी होने के बजाय सहयोग करें, तभी शिक्षा प्रभावी बनती है। नीति दिशा देती है, विद्यालय संरचना देता है, और शिक्षक जीवन देता है।

भविष्य की ओर : आज आवश्यकता यह नहीं कि निर्देश समाप्त कर दिए जाएँ; आवश्यकता यह है कि उन्हें मानवीय बनाया जाए। ऐसी व्यवस्था विकसित करनी होगी जहाँ —

- प्रपत्र सहायक हों, बोझ नहीं
- निरीक्षण मार्गदर्शक हो, भय का कारण नहीं
- और शिक्षक सीखने की प्रक्रिया का हिस्सा हो, मात्र संचालक नहीं

तभी विद्यालय और कक्षा पुनः वह स्थान बन सकेगी जहाँ ज्ञान जन्म लेता है, न कि केवल दोहराया जाता है।

इस प्रकार शिक्षा का भविष्य किसी एक छोर, पूर्ण नियंत्रण या पूर्ण स्वतंत्रता में नहीं, बल्कि उनके संतुलित समन्वय में निहित है। जब व्यवस्था शिक्षक पर विश्वास करेगी और शिक्षक उस विश्वास का सम्मान करेगा, तभी शिक्षा वास्तव में मानवीय बनेगी। शिक्षा का मूल स्वभाव मानवीय, संवादात्मक और संदर्भ-सापेक्ष है, जबकि अत्यधिक निर्देशात्मक तंत्र उसे यांत्रिक बना देता है।

अब आवश्यक है कि इस चर्चा को केवल वैचारिक स्तर पर न छोड़कर ठोस निष्कर्ष और व्यवहारिक सुझावों तक पहुँचाया जाए। क्योंकि शिक्षा केवल दर्शन नहीं एक जीवित सामाजिक व्यवस्था भी है, और हर व्यवस्था को दिशा देने के लिए नीतिगत स्पष्टता चाहिए।

मूल समस्या कहाँ है ?

समस्या निर्देशों के अस्तित्व में नहीं, बल्कि उनके स्वरूप और उद्देश्य में है। निर्देश तब समस्या बनते हैं जब —

- वे संदर्भ से कटे हों
- शिक्षक पर अविश्वास से जन्मे हों
- और सीखने के बजाय रिपोर्टिंग पर केंद्रित हों

दूसरे शब्दों में, समस्या नियंत्रण की मानसिकता है। जब प्रशासन यह मानकर चलता है कि गुणवत्ता केवल निगरानी से आएगी, तब वह स्वाभाविक रूप से हर क्रिया को पूर्वनिर्धारित करना चाहता है। परंतु शिक्षा में गुणवत्ता विश्वास, सहयोग और पेशेवर संवाद से आती है।

शिक्षा की पुनर्परिभाषा

नीतिगत स्तर पर सबसे पहले यह स्पष्ट करना आवश्यक है कि शिक्षा का उद्देश्य क्या है। यदि उद्देश्य केवल मापनीय उपलब्धियाँ हैं, तो निर्देशात्मक व्यवस्था उपयुक्त प्रतीत होगी। पर यदि उद्देश्य विचारशील, संवेदनशील और जिम्मेदार नागरिक बनाना है, तो शिक्षा को लचीला और मानवीय बनाना ही होगा।

अतः शिक्षा को "प्रदर्शन" से "अर्थ" की ओर मोड़ना होगा। सीखना केवल लक्ष्य प्राप्त करना नहीं, बल्कि समझ विकसित करना है।

नीतिगत सुझाव

- न्यूनतम अनिवार्यता, अधिकतम लचीलापन

राज्य या विभाग को केवल आवश्यक न्यूनतम मानक निर्धारित करने चाहिए। जैसे अधिगम के व्यापक लक्ष्य, सुरक्षा, समान अवसर और संसाधनों की उपलब्धता। शिक्षण की पद्धति और कक्षा की प्रक्रिया शिक्षक पर छोड़ी जानी चाहिए।

- प्रपत्रों का सरलीकरण

विद्यालयों में काग़ज़ी कार्यवाही को आधा करने से शिक्षा की गुणवत्ता दोगुनी हो सकती है। हर प्रपत्र से पहले यह प्रश्न पूछा जाए —
"क्या यह सीखने में प्रत्यक्ष योगदान देता है ?" यदि उत्तर 'नहीं' है, तो वह प्रपत्र अनावश्यक है। सूचनाओं का दोहरान नहीं हो ।

- निरीक्षण का रूपांतरण

निरीक्षण को जाँच से मार्गदर्शन में बदलना होगा। निरीक्षक का कार्य दोष ढूँढना नहीं, सहायता करना होना चाहिए। उसे कक्षा में बैठकर यह समझना चाहिए कि बच्चे कैसे सीख रहे हैं और शिक्षक को किस सहयोग की आवश्यकता है।

- शिक्षक पेशागत विकास

प्रशिक्षण केवल निर्देश बताने का माध्यम नहीं होना चाहिए, बल्कि संवाद का मंच होना चाहिए। शिक्षक अपने अनुभव साझा करें, एक-दूसरे से सीखें और स्थानीय समाधान विकसित करें। जब शिक्षक सीखने वाले समुदाय का हिस्सा बनता है, तभी शिक्षा जीवंत बनती है।

- बहुआयामी मूल्यांकन

मूल्यांकन को केवल परीक्षा तक सीमित न रखकर विविध माध्यमों से जोड़ा जाए जैसे-परियोजना, प्रस्तुति, अवलोकन, चर्चा और आत्म मूल्यांकन। इससे सीखने की वास्तविक तस्वीर सामने आएगी।

विश्वास की संस्कृति

किसी भी शिक्षा व्यवस्था की सफलता अंततः संबंधों पर निर्भर करती है । प्रशासन का शिक्षक पर विश्वास, शिक्षक का विद्यार्थी पर विश्वास, और समाज का विद्यालय पर विश्वास।

जहाँ विश्वास होता है, वहाँ नियम कम और जिम्मेदारी अधिक होती है।

जहाँ अविश्वास होता है, वहाँ नियम अधिक और सीखना कम।

इसलिए शिक्षा सुधार का मूल बिंदु तकनीक या संरचना नहीं, बल्कि संस्कृति है, विश्वास की संस्कृति।

शिक्षा को यदि हम सचमुच मानव निर्माण की प्रक्रिया मानते हैं, तो उसे कारखाने के मॉडल से मुक्त करना होगा। कक्षा को कार्यालय बनने से बचाना होगा और शिक्षक को निष्पादक से पुनः शिक्षाशास्त्री बनाना होगा। जब शिक्षक कक्षा में प्रवेश करे और उसकी पहली दृष्टि बच्चों पर पड़े न कि फाइलों पर तभी शिक्षा अपने वास्तविक अर्थ में जीवित होगी। यही शिक्षा का उद्देश्य भी है और उसकी आशा भी।

भय, दण्ड, स्वतन्त्रता बनाम अनुशासन

कक्षा में बच्चों के साथ काम करते समय हम सभी को अनुशासन की आवश्यकता महसूस होती है । सामान्यत: अनुशासन बनाए रखने के लिए कक्षाओं में बच्चों के साथ दण्ड और भय का बहुत प्रयोग किया जाता है । हालांकि मुफ़्त और अनिवार्य शिक्षा के अधिकार कानून के तहत बच्चों को किसी भी प्रकार का शारीरिक और मानसिक दण्ड देना कानूनन अपराध की श्रेणी में रखा गया है बावजूद इसके बच्चों को स्कूल में दंडित और मानसिक रूप से प्रताड़ित करने की घटनाएँ और खबरें बहुत आम हैं । हाल ही में राजस्थान के जालोर जिले में शिक्षक द्वारा की गई मारपीट से एक बालक की असामयिक और दर्दनाक मृत्यु हो गई । ऐसी घटनाओं के घटने के पीछे मुख्य कारण दण्ड और भय का बच्चों पर प्रभाव तथा अनुशासन के उचित मायनों पर बच्चों के साथ निरन्तर कार्य करने वाले जिम्मेदार लोगों और शिक्षकों की संगत समझ का न होना है ।

इस लेख में हम शिक्षा जगत में बच्चों के साथ कार्य कर रहे उन सभी लोगों की एक संगत समझ भय,दण्ड, स्वतन्त्रता और अनुशासन पर बनाने की कोशिश करेंगे । सर्वप्रथम अनुशासन के नाम पर सर्वाधिक प्रयुक्त किए जाने वाले शब्द भय और दण्ड तथा बच्चों पर पड़ने वाले इनके प्रभावों को समझते हैं ।

भय और दण्ड

भय और दण्ड सुनने और देखने में अलग-अलग जरूर है मगर इन दोनों में गहरा अंतरसंबंध होता है । व्यक्ति के जहन में जब किसी अनिष्ट की संभावना से दुख: जनक भाव उत्पन्न होता है तो उसे हम भय या डर

कहते हैं । आमतौर पर व्यक्तियों को जीवन में अथवा कक्षा में बच्चों को विभिन्न प्रकार के अनिष्ट या नुकसान बताकर उनके दिमाग में भय के इस भाव को पैदा किया जाता है । बच्चों के सन्दर्भ में अक्सर भय को दण्ड से जोड़कर दिखाया जाता है । मसलन अगर जो बच्चे चुपचाप नहीं बैठेंगे उनको मार पड़ेगी या मुर्गा बना दिया जाएगा । इत्यादि । अब सवाल यह उठता है कि क्या शिक्षक या शिक्षिका को स्कूल में बच्चों के साथ काम करते समय सचमुच किसी भय या डर दिखाने की जरूरत पड़ती है ? और क्या इस भय और डर के बच्चों के विकास पर कोई विपरीत प्रभाव पड़ते हैं ? आमतौर पर शिक्षक या शिक्षिका कक्षा में व्यवस्था बनाए रखने,अपनी बात मनवाने,बच्चों को बिना किसी कार्य में व्यस्त रखे चुपचाप बिठाये रखने के लिए भय अथवा डर का भाव पैदा करते हैं । बच्चों के अभिभावक और शिक्षक बच्चों के सीखने की गति और संभावनाओं को नज़र अंदाज़ करके बच्चों से अत्यधिक अपेक्षाएँ पाल लेते हैं । जब बच्चे उनकी अपेक्षाओं पर खरा नहीं उतरते हैं तो ऐसे हालात में भी बच्चों में हताशा और डर पैदा हो जाता है । शिक्षक बच्चों के घर पर शिकायत की बात कहकर,फैल करने की धमकी देकर या कक्षा में किसी एक बच्चे की पिटाई करके भी कक्षा में बच्चों के बीच भय का माहौल बनाने में कामयाब हो जाते हैं । समझने की बात यह है कि शिक्षक या शिक्षिका उक्त सभी प्रयत्न कक्षा में अनुशासन बनाए रखने के नाम पर करते हैं जिसका अन्तिम लक्ष्य और छुपा हुआ एजेंडा बच्चों के बीच अपनी सर्वोपरि सत्ता को कायम करना होता है । इसका परिणाम यह होता है कि बच्चे काफी देर तक चुपचाप और सहमें से बैठे रहते है जिससे शिक्षक को कोई दिक्कत नहीं होती है और वे अपने अन्य

कार्य करते रह सकते हैं । भय की वजह से बच्चे बिना सवाल किए और बिना समझे शिक्षक की बात को मान लेते हैं । भययुक्त माहौल में शिक्षक अथवा शिक्षिका को कक्षा के सभी बच्चों को एक सा कार्य करवाने में काफी सुविधा होती है और अतिरिक्त प्रयास भी नहीं करने होते हैं । परन्तु इन सब हालात और परिस्थितियों की वजह से जहाँ शिक्षक फायदें में रहते हैं वहीं बच्चों पर इसके दुष्प्रभाव भी होते हैं । यहाँ हम भययुक्त माहौल में बच्चों पर पड़ने वाले दुष्प्रभावों को विस्तार से समझेंगे जिन पर शिक्षा में कार्य करने वाले हरेक व्यक्ति को गौर करना चाहिए ।

भययुक्त माहौल और बच्चे

- भययुक्त माहौल में बच्चों की सृजनशीलता और कल्पनाशीलता खत्म हो जाती है।
- भययुक्त माहौल में बच्चे अपने सवाल और जिज्ञासाओं को दबा लेते हैं परिणामस्वरूप समझकर नहीं सीख पाते हैं ।
- भययुक्त माहौल में बच्चों के स्वतन्त्र व्यक्तित्व के विकास की संभावनाएँ खत्म हो जाती हैं और बच्चे धीरे-धीरे कुंठित हो जाते हैं।
- भययुक्त माहौल में बच्चों के अपने शिक्षक या शिक्षिका के साथ सहज और स्वाभाविक सम्बंध विकसित नहीं हो पाते हैं जिसके चलते बच्चे दबाव के कारण अपनी दिक्कतों को नहीं बता पाते हैं ।
- भययुक्त माहौल में बच्चे असहाय और असमर्थ हो जाते हैं जिससे उनके सीखने की स्वाभाविक गति प्रभावित होती है। बिना समझे बात स्वीकार कर लेने से अक्सर बच्चे दबाव हटते ही शिक्षक या शिक्षिका की बातों की अवहेलना करना प्रारम्भ कर देते हैं ।

- भययुक्त माहौल में बच्चे सीखने के आनन्द और स्वतन्त्र चिंतन के विकास से वंचित हो जाते हैं ।

उक्त बिन्दुओं से स्पष्ट है कि भययुक्त माहौल में बच्चे सत्ता के प्रति आज्ञाकारी नागरिक के रूप में विकसित होंगे बजाय सोचने,समझने और चिन्तन करने वाले और लोकतान्त्रिक समाज के विकास में योगदान देने के । आप उक्त सूची को अपने अनुभव के आधार पर और विस्तार दे सकते हैं । चूँकि यहाँ हमने कक्षा और बच्चों के सन्दर्भ में भय के अर्थ और बच्चों पर उसके प्रभावों पर विस्तार से चर्चा की है तो कुछ चर्चा कक्षा में दण्ड और उसके प्रभावों पर भी करना अनिवार्य हो जाता है क्योंकि दण्ड को भय पैदा करने के एक सशक्त माध्यम के रूप में इस्तेमाल किया जाता है । सामान्यतया दण्ड का सम्बंध पुलिस और न्याय व्यवस्थाओं से जुड़ा होता है । दण्ड एक ऐसी शारीरिक और मानसिक यातना है जो किसी नियम,कानून अथवा अधिकारों के हनन पर दी जाती है । अब सवाल यह उठता है कि क्या पेशेवर या आदतन अपराधी और बच्चे को दण्ड देने के सन्दर्भ में समान ही समझा जाए ? क्या दण्ड बच्चों के सीखने और सिखाने कि प्रक्रिया में कोई व्यवधान पैदा करता है ? क्या स्कूल या कक्षा में बच्चों के कुछ कार्य इस स्तर के होते हैं कि उनके लिए बच्चों को दंडित किया जाए ? यदि उक्त सवालों की रोशनी में हम चर्चा को आगे बढ़ाएँ तो स्कूल या कक्षा में सामान्यत: बच्चों को दण्ड इसलिए दिया जाता है ताकि वे शिक्षक या शिक्षिका की बात को माने,नियमों का पालन करें,कक्षा में व्यवस्था बनाए रखें,चुपचाप बैठें, इत्यादि । इन सब बातों के लिए बच्चों को खूब शारीरिक और मानसिक रूप से दंडित किया जाता है । कई बार बच्चों को आँख

दिखाकर, धमकाकर ,छड़ी इत्यादि दिखाकर भी डराया जाता है । यह सचमुच बाल अधिकारों के लिए कार्यरत संस्थाओं के शोध से साबित हो चुका है कि बच्चों के ऊपर शारीरिक दण्ड के बनिस्पत मानसिक दण्ड का असर अधिक खतरनाक और प्रभावी होता है । शारीरिक रूप से बच्चों से कहीं अधिक सक्षम शिक्षक अथवा शिक्षिका को दण्ड देने के अधिकार अपेक्षाकृत एक ताकतवर व्यक्ति बना देता है । परिणामस्वरूप आमतौर पर शिक्षक सही और बच्चे गलत होते हैं और बच्चों को शिक्षक के व्यवहार या अनुचित कार्यों पर भी सवाल उठाने का अधिकार नहीं होता। समता और न्याय संगत समाज के निर्माण की दृष्टि से यह व्यवस्था बेहद अन्यायपूर्ण है ।

दण्ड का बच्चों के मनोमस्तिष्क पर काफी गहरा असर होता है और सिर्फ इसी एक कारण की वजह से बहुत सारे बच्चे स्कूल छोड़ देते हैं जिन्हें हम बिना कारणों की गहराई में गए ड्रॉप आउट की श्रेणी में डाल देते हैं। चूँकि दण्ड बच्चों में भय पैदा करने का एक औज़ार है और भय के दुष्प्रभावों पर हम पूर्व में काफी विस्तार से चर्चा कर चुके हैं । अत: यहाँ उन्हें फिर से दोहराने की आवश्यकता नहीं है ।

स्वतन्त्रता और बच्चे

यदि हम चाहते हैं कि हमारे बच्चे स्वतन्त्रचेता,स्वयं निर्णय लेने वाले,आजाद ख़याल पसन्द व्यक्ति के रूप में विकसित हो तो उनके विकास के लिए उन्हें आरम्भिक काल से ही स्वतन्त्रता मिले इसका ख़याल रखना ही होगा । यहाँ हम बच्चों को असीमित स्वतन्त्रता की वकालत नहीं कर रहे हैं ,जाहिर सी बात है कि कक्षा में आपस में कार्य करते हुये प्रत्येक बच्चे की स्वतन्त्रता अन्य बच्चों की स्वतन्त्रता से

सीमित हो जाती है । बच्चे आपस में एक-दूसरे की स्वतन्त्रता का ध्यान रखते हुए अपना कार्य स्वतन्त्रता पूर्वक करते रह सकते हैं । यदि किसी एक बच्चे की वजह से अन्य बच्चों की स्वतन्त्रता बाधित हो रही है तो उस बच्चे से बातचीत करके समस्या का समाधान किया जा सकता है । दण्ड और भय के माहौल में बच्चों की स्वतन्त्रता सीमित हो जाती है । वे ना तो अपनी इच्छा से बात कर सकते हैं ना अपनी जगह से हिल सकते हैं और नहीं किसी की मदद कर सकते हैं । स्कूल या कक्षा में बंधी-बँधाई और सीमित दिनचर्या का ही परिणाम होता है कि बच्चे छुट्टी की घण्टी के बाद स्कूल से ऐसे भाग निकलते हैं जैसे किसी जैल से छूटे हो ।

अनुशासन और स्वानुशासन

उक्त लेख के आरम्भ में हम भय,दण्ड और स्वतन्त्रता पर विस्तार से चर्चा कर चुके हैं । इस चर्चा के निष्कर्ष स्वरूप कहा जा सकता है कि भय और दण्ड को स्कूल में शिक्षकों के द्वारा जाने अथवा अनजाने बच्चों के बीच अनुशासन बनाए रखने और सीखने की उनकी स्वतन्त्रता को बाधित करने के लिए काम में लिया जाता है । परन्तु यह सवाल अब भी मुँह बाएँ हमारे सामने खड़ा है कि फिर कक्षा-कक्ष में बच्चों के साथ शिक्षण कार्य के दौरान अनुशासन किस तरह बनाया जाए ताकि व्यवस्था भी बनी रहे और बच्चों के साथ दण्ड-भय का उपयोग भी न करना पड़े। तो इस व्यवस्था के बनाए रखने के लिए हमें अनुशासन के स्थान पर स्वानुशासन को बच्चों के बीच स्थापित करना होगा । स्वानुशासन में शिक्षक और बच्चे कक्षा के सञ्चालन हेतु नियमों की जरूरत को सामूहिक रूप से महसूस करते हैं । साथ ही बच्चों से जुड़े सभी मुद्दों पर

बच्चों की भागीदारी और सहमति से नियम बनाए जाते हैं तथा समय-समय पर बच्चों के साथ मिलकर इन नियमों की समीक्षा की जाती है । इस व्यवस्था को बनाए रखने के लिए शिक्षक को दण्ड-भय की जगह आपसी बातचीत,गरिमा पूर्ण संवाद को अपने व्यवहार में शामिल करना होता है। ऐसी व्यवस्था बच्चों पर आरोपित नहीं होगी तथा स्कूल और कक्षा के सभी बच्चों का ऐसी व्यवस्था से स्वाभाविक जुड़ाव और लगाव होगा। आइए अब समझते हैं कि स्वानुशासन, अनुशासन से किस प्रकार भिन्न होता है-

अनुशासन	**स्वानुशासन**
नियमों की जरूरत पर कोई बातचीत नहीं की जाती है।	नियमों की जरूरत सामूहिक रूप से महसूस की जाती है।
बच्चों पर नियम थोपे जाते हैं।	कक्षा सञ्चालन के नियम बच्चों के साथ मिलकर बनाए जाते हैं।
नियम बनाने में बच्चों की कोई भागीदारी नहीं होती है।	बच्चों से जुड़े मुद्दों पर सभी नियम बच्चों की भागीदारी और सहमति से बनाए जाते हैं।
एक बार बनाए गए नियम शाश्वत और स्थायी होते हैं।	नियमों की जरूरत पर नियमित बातचीत की जाती है।
प्राय नियमों में बदलाव सम्भव नहीं होता।	आवश्यकता के अनुसार नियमों में परिवर्तन किया जा सकता है ।

व्यवस्था बनाए रखने की ज़िम्मेदारी सिर्फ शिक्षक की होती है।	व्यवस्था बनाए रखने में बच्चे भी मदद और पहल करते हैं।
नियम तोड़ने पर बच्चों को सजा दी जाती है।	बातचीत और संवाद के माध्यम से उचित कारण समझकर नियम तोड़ने की वजह को समझा जाता है।

इस लेख के माध्यम से शिक्षा के क्षेत्र में कार्य करने वाले सभी शिक्षा अधिकारियों,शिक्षकों और सामाजिक कार्यकर्ताओं को शिक्षा में भय, दण्ड के उपयोग तथा इनके दुष्प्रभावों तथा स्वतन्त्रता, अनुशासन और स्वानुशासन के मायने और महत्व पर स्पष्ट समझ बनी होगी । उम्मीद की जानी चाहिए कि अब स्कूल तथा कक्षा में व्यवस्था बनाने के लिए हम सभी अनुशासन के स्थान पर स्वानुशासन का उपयोग करेंगे ।

अभिभावकों के नाम पत्र

सम्माननीय अभिभावकगण,

मैं समझता हूँ कि आप अपने बेटे या बेटी के परीक्षा परिणाम को लेकर स्वाभाविक रूप से चिंतित और उत्सुक रहते हैं। हर माता-पिता चाहता है कि उसका बच्चा अच्छा प्रदर्शन करे। किंतु कृपया यह भी ध्यान रखें कि परीक्षा में बैठा हर बच्चा एक-सा नहीं होता और सभी की प्रतिभा एक ही दिशा में नहीं विकसित होती।

इन बच्चों में भविष्य के उत्कृष्ट कलाकार भी हैं, जिन्हें गणित की गहरी समझ की उतनी आवश्यकता नहीं होगी। इनमें ऐसे भावी उद्यमी और प्रबंधक भी हैं जिनके लिए साहित्य या इतिहास में कम अंक जीवन की सफलता का निर्धारक नहीं होंगे। कुछ बच्चे आगे चलकर महान संगीतकार बनेंगे, जिनके लिए रसायन विज्ञान के अंक निर्णायक नहीं होंगे। कुछ बच्चे श्रेष्ठ खिलाड़ी बनेंगे, जिनके लिए उनकी फिटनेस और लगन अंकों से कहीं अधिक महत्त्वपूर्ण होगी।

इसलिए यदि आपका बच्चा अधिक अंक प्राप्त करता है तो निश्चय ही यह प्रसन्नता की बात है; परंतु यदि वह अपेक्षित अंक नहीं ला पाता, तो उसके आत्मविश्वास और स्वाभिमान को ठेस न पहुँचाएँ। उसे समझाइए कि यह केवल एक छोटी-सी परीक्षा थी, जीवन की अंतिम कसौटी नहीं। वह जीवन में इससे कहीं बड़ा कर सकता है।

यदि उसके अंक कम आएँ, तो उसे यह विश्वास दिलाएँ कि आपका प्रेम और विश्वास उसके अंकों पर निर्भर नहीं है। जब बच्चे को बिना शर्त स्वीकृति मिलती है, तभी वह अपने सपनों को साकार करने का साहस

जुटाता है। एक परीक्षा और कुछ कम अंक उसके सपनों और उसकी प्रतिभा को कभी नहीं छीन सकते।

कृपया यह भी याद रखें कि इस दुनिया में केवल डॉक्टर, वकील या इंजीनियर ही सफल और सुखी नहीं होते। समाज को संवेदनशील कलाकार, ईमानदार खिलाड़ी, रचनात्मक विचारक और सबसे बढ़कर अच्छे इंसान भी चाहिए। मेरी विनम्र प्रार्थना है कि अपने बच्चों को पहले एक अच्छा मनुष्य बनने की शिक्षा दें। केवल अंक किसी बच्चे की योग्यता का पूर्ण मापदंड नहीं होते। आशा है मेरी यह गुज़ारिश आप तक पहुँचेगी।

आपका शुभचिन्तक
नवल किशोर सोनी

गुरूजी के नाम पत्र

आदरणीय गुरूजी सादर प्रणाम !

उम्मीद है आप स्वस्थ और प्रसन्न होंगे !

यह पत्र में आज आपको इसलिए लिख रहा हूँ ताकि आप इसे पढ़कर मेरे विचारों से अवगत हो सकें। वैसे तो आपके असंख्य विद्यार्थी आपको गुरूर् ब्रह्म गुरुर् विष्णु....का मंत्र सुनाकर खुश करने में लगे होंगे! साथ ही यह भी सच है कि आप इस मंत्र को सुनकर फूले नहीं समा रहे होंगे। परन्तु जरा यह भी सोचिए कि क्या सचमुच यह समाज और देश आपको यह दर्जा दे पाया है ? क्या वास्तव में हमारे नेता और सिस्टम आपके काम और काम करने की परिस्थितियों को बेहतर बना पाए हैं ? आप कभी स्थानांतरण के लिए तो कभी विभागीय पेचिदगियों के लिए क्या इन नेताओं और अधिकारियों के आगे नतमस्तक नहीं होते रहे हो ? हमारे देश के एक पूर्व महामहिम ने तो यहाँ तक कह दिया था कि हमारे शिक्षकों के हम से ज्यादा मजे है ? ज्यादा तनख्वाह है ? फिर भी आप गुरूर् ब्रह्म गुरुर् विष्णु...का मंत्र सुनकर खुश हो रहे हैं ? तो तनिक विचार कीजिए कि आपकी जो हालत, शिक्षा और स्कूल के जो हालात बने हैं उसके लिए जिम्मेदार कौन है ?

यदि सचमुच में इस देश में शिक्षक का इतना सम्मान होता तो आज हर कोई शिक्षक बनने को अपना अंतिम पेशा नहीं चुनता !

आप खुद सोचिए कि आपकी बौद्धिक तैयारी के लिए, किताबे खुद लिखने के लिए, सिस्टम और विभाग की आलोचना या समालोचना करने के लिए आपको कितनी स्वायतता या आज़ादी है ? क्या आप अपने शिक्षा अधिकारियों और प्रशासनिक अधिकारियों से आँख में आंख

मिलाकर बात करने की हैसियत रखते हैं ? आपको वैश्विक स्तर की कितनी सुविधाएं प्राप्त है ? आपका विभाग आपको स्वचिंतन् और लेखन के कितने मंच उपलब्ध करवाता है सिवाय डाक तैयार करने के? और हाँ उक्त सवालों का मतलब यह कतई नहीं है कि मैं आपके प्रति कृतघ्न हो रहा हूँ या आपने मुझे जो शिक्षा दी है उसको विस्मृत कर रहा हूँ ! नहीं मैं तो सिर्फ आपको आगाह कर रहा हूँ कि आप यह गुरूर् ब्रह्म गुरुर् विष्णु...के भुलावे में ना आकर अपने हकों के लिए लड़िये और इसके लिए खुद को मजबूत बनाइए ताकि इस देश में मेरे जैसे असंख्य विद्यार्थियों का कल्याण हो सके। इस पत्र में मैंने यदि कुछ गलत लिखा हो तो क्षमा कीजिएगा !

आपका

नवल किशोर सोनी

लीडरशिप : पद या शक्ति से परे,जवाबदेही की ताकत

नेतृत्व मानव सभ्यता का एक प्राचीन और निरंतर विकसित होने वाला सिद्धांत है। इसे लेकर अनेक विचारक, दार्शनिक, प्रबंधक और समाजशास्त्री अपने-अपने दृष्टिकोण प्रस्तुत करते रहे हैं। परंतु किसी भी युग, किसी भी व्यवस्था और किसी भी संस्कृति में एक सच्ची और समय-परखी हुई परिभाषा हमेशा स्पष्ट रही है कि लीडरशिप शक्ति या पद से नहीं, जिम्मेदारी और जवाबदेही से बनती है। एक लीडर वह नहीं जो दूसरों पर नियंत्रण रख सके, बल्कि वह है जो अपने स्वयं पर नियंत्रण रख सके, अपनी कमजोरियों को पहचान सके और अपने निर्णयों तथा व्यवहारों की जिम्मेदारी ले सके। आज का समय परिवर्तन, अनिश्चितता और जटिलताओं से भरा है। ऐसी परिस्थितियों में नेतृत्व केवल कौशल, अनुभव या तकनीकी दक्षता का नाम नहीं रह गया है।

आधुनिक नेतृत्व के लिए आवश्यक है नैतिकता, सहानुभूति, उत्तरदायित्व, दूरदृष्टि, अनुकूलन क्षमता और भावनात्मक परिपक्वता। इन सभी गुणों में भी यदि कोई सबसे महत्वपूर्ण है, तो वह है जवाबदेही। जवाबदेही वह शक्ति है जो विचारों को कर्म में, और कर्म को प्रभावशीलता में बदलता है। यह नेतृत्व का वह केंद्र बिंदु है, जिसके बिना बाकी सभी गुण अधूरे और अप्रभावी रह जाते हैं।

नेतृत्व की आत्मा: जवाबदेही

सच्चा नेतृत्व वहीं से शुरू होता है जहाँ उत्तरदायित्व शुरू होता है। जब कोई लीडर अपने कार्य, निर्णय और परिणामों के लिए स्वयं को

उत्तरदायी मानता है, तभी वह विश्वास अर्जित करता है और विश्वास ही वह मुद्रा है जिससे नेतृत्व खरीदा नहीं, बल्कि अर्जित किया जाता है।

जवाबदेही दोष देने का नाम नहीं है; यह सक्रिय और सकारात्मक स्वामित्व है, स्थिति बिगड़ने का इंतज़ार नहीं, समाधान ढूंढ़ने का संकल्प।

एक उत्तरदायी लीडर तीन मूल सिद्धांतों पर चलता है:

- मैं अपने निर्णयों के प्रति स्वयं जिम्मेदार हूँ। वह परिस्थिति या टीम के पीछे नहीं छिपता।
- मैं गलतियों से सीखूँगा। गलतियाँ बाधा नहीं, सुधार और विकास का अवसर होती हैं।
- मैं पारदर्शी रहूँगा। ईमानदारी भरोसे को जन्म देती है, और भरोसा प्रभाव को। ऐसा लीडर वह वातावरण बनाता है जिसमें जिम्मेदारी थोपी नहीं जाती, बल्कि अपने आप विकसित होती है।

स्व-नेतृत्व: बाहरी नेतृत्व की जड़ : जो स्वयं को नहीं संभाल सकता, वह दूसरों का नेतृत्व नहीं कर सकता।

स्व-नेतृत्व तीन महत्वपूर्ण स्तंभों पर आधारित है:

1. स्व-अनुशासन : समय की पाबंदी, व्यवहार की स्थिरता, नैतिकता, और भावनात्मक संतुलन, ये वही गुण हैं जिनकी अपेक्षा नेता दूसरों से करते हैं; पर सबसे पहले उन्हें स्वयं पर लागू करना होता है।
2. स्व-चिंतन: स्व-चिंतन वह दर्पण है जो लीडर को उसके उद्देश्य, व्यवहार और प्रभाव का सच्चा प्रतिबिंब दिखाता है। चिंतन के बिना नेतृत्व केवल दिखावा बन जाता है।

3. स्व-पारदर्शिता: संशय, अनिश्चितता या अज्ञान को स्वीकार करना कमजोरी नहीं, बल्कि परिपक्वता है। एक पारदर्शी लीडर टीम के विचारों को आमंत्रित करता है और सामूहिक ज्ञान की शक्ति का उपयोग करता है। स्व-उत्तरदायित्व ही लीडर को नैतिक अधिकार देता है कि वह दूसरों से भी जिम्मेदारी की अपेक्षा कर सके।

स्वामित्व की संस्कृति का निर्माण : एक महान लीडर अनुयायी पैदा नहीं करता; वह लीडर ही पैदा करता है और लीडर वहीं बन सकते हैं जहाँ स्वामित्व की संस्कृति हो। ऐसी संस्कृति निम्न आधारों पर बनती है:

a) मनोवैज्ञानिक सुरक्षा : टीम तब रचनात्मक होती है जब उसे अपने विचार, प्रश्न और त्रुटियाँ खुलकर व्यक्त करने की स्वतंत्रता मिलती है।

b) भरोसा और सशक्तीकरण : नेता जो स्वयं सबकुछ नियंत्रित करता है, वह टीम का विकास रोक देता है। सशक्तीकरण जिम्मेदारी की भावना उत्पन्न करता है।

c) पहल का सम्मान : पहल महत्वपूर्ण है, भले ही परिणाम सफल न हों। विकास प्रयासों से होता है, न कि केवल परिणामों से।

d) सहायक प्रतिक्रिया : सम्मानजनक और रचनात्मक प्रतिक्रिया टीम को बेहतर बनाने का सबसे सशक्त साधन है।

जब लोग स्वामित्व महसूस करते हैं, तो वे सिर्फ काम नहीं करते वे योगदान देते हैं।

जवाबदेही का अर्थ पूर्णता नहीं : एक गलत धारणा यह है कि लीडर को परिपूर्ण होना चाहिए। परिपूर्णता नेतृत्व का मापदंड नहीं है। सीखने, अनुकूलन और सुधार करने की क्षमता ही नेतृत्व की

वास्तविक कसौटी है। जब लीडर गलतियों को स्वीकार करता है, तो वह प्रदर्शित करता है:

- विनम्रता
- साहस
- पारदर्शिता
- भावनात्मक बुद्धिमत्ता

ऐसा व्यवहार पूरी टीम को ईमानदार एवं उत्तरदायी बनाता है। जवाबदेही से विश्वास बनता है। विश्वास किसी भी संगठन, टीम या समाज का आधार है। विश्वास तब बनता है जब लोग देखते हैं कि उनका लीडर जिम्मेदारी लेता है। टीम का संरक्षण करता है। न्याय और समानता का पालन करता है। किए हुए वादे निभाता है।

1. विश्वास टीम को एकजुट करता है, और एकजुट टीम नवाचार लाती है। विश्वास से उत्पन्न यह क्रम संगठन को आगे बढ़ाता है।
   विश्वास → स्वामित्व → पहल → नवाचार
2. दृष्टि (Vision) : नेतृत्व का ध्रुवतारा, जहाँ उत्तरदायित्व नेतृत्व की रीढ़ है, वहीं Vision उसकी दिशा है। दृष्टि (Vision) ऐसी होनी चाहिए—
   - स्पष्ट (क्या हासिल करना है)
   - उद्देश्यपूर्ण (यह क्यों महत्वपूर्ण है)
   - व्यावहारिक (चुनौतीपूर्ण पर संभव)
   - दृष्टि ही लीडर को दूसरों से अलग करती है। दृष्टि ही टीम को उद्देश्य प्रदान करती है।
3. सम्प्रेषण : नेतृत्व की आवाज

सम्प्रेषण केवल बोलना नहीं है, बल्कि समझ बनाना है। एक सशक्त लीडर, ईमानदारी से,सहानुभूति से,स्पष्टता से निरंतरता से सम्प्रेषण करता है और वह सिर्फ बोलता नहीं पहले सुनता है। सुनने की कला समझ, विश्वास और स्पष्टता लाती है।

4. भावनात्मक बुद्धिमत्ता: नेतृत्व का हृदय

भावनात्मक बुद्धिमत्ता वह गुण है जो लीडर को मानवीय बनाता है। इसमें सम्मिलित है, स्वयं की भावनाओं की पहचान,उनका प्रबंधन, दूसरों की भावनाओं की समझ, संबंधों का संतुलित प्रबंधन, अच्छा लीडर संकट में शांत, सफलता में विनम्र और विवाद में संतुलित रहता है।

5. सत्यनिष्ठा: नेतृत्व का नैतिक आधार

ईमानदारी, न्याय, नैतिक निर्णय और व्यवहार में निरंतरता, ये सत्यनिष्ठा के स्तंभ हैं। सत्यनिष्ठा के बिना नेतृत्व क्षणिक और कमजोर होता है; सत्यनिष्ठा के साथ नेतृत्व टिकाऊ और प्रेरणादायी बनता है।

6. अनुकूलन क्षमता: बदलते युग का नेतृत्व

दुनिया लगातार बदल रही है। जो लीडर पुराने तरीकों से चिपके रहते हैं, वे पीछे रह जाते हैं। अनुकूलन क्षमता में शामिल है, नए विचारों के प्रति खुलापन, पुरानी आदतों को त्यागना, परिस्थितियों के अनुसार रणनीति बदलना, सीखते रहने का संकल्प, अनुकूलनशीलता नेतृत्व को भविष्य-उन्मुख बनाती है।

7. निर्णय क्षमता: नेतृत्व का वास्तविक परीक्षण

निर्णय ही नेतृत्व को कर्म से जोड़ते हैं। एक मजबूत लीडर जानकारी का विश्लेषण करता है, जोखिम समझता है, समय पर निर्णय लेता है, अस्पष्ट परिस्थितियों में भी स्पष्टता बनाए रखता है। निर्णयहीनता नेतृत्व

को कमजोर कर देती है; निर्णय क्षमता टीम में विश्वास और ऊर्जा पैदा करती है।

8. सेवा: नेतृत्व की आत्मा

सच्चा लीडर निर्देश देने के लिए नहीं, सहायता करने के लिए होता है। स्वनेतृत्व की भावना पूछती है: "मैं आपके विकास में कैसे सहायक हो सकता हूँ ?"

"आपके मार्ग में क्या बाधा है, जिसे मैं हटाने में मदद कर सकता हूँ ?"

सेवाभाव से उत्पन्न नेतृत्व में स्वीकृति, सम्मान और निष्ठा स्वतः पैदा होती है।

9. धैर्य और दृढ़ता: संकट के समय का नेतृत्व

नेतृत्व की सबसे बड़ी परीक्षा संकट में होती है। दृढ़ लीडर, धैर्यवान, साहसी, समाधान केंद्रित और आत्मविश्वासी होता है। संकट से टूटना नहीं, बल्कि उससे मजबूत बनना यही वास्तविक नेतृत्व है।

10. नेतृत्व का प्रकाशस्तंभ रूपक

नेतृत्व प्रकाशस्तंभ की तरह है, ऊँचाई मायने नहीं रखती, बल्कि दर्पण की स्वच्छता महत्व रखती है। यह दर्पण उत्तरदायित्व से साफ रहता है। उत्तरदायित्व के बिना नेतृत्व धुंधला, अस्पष्ट और अप्रभावी बन जाता है। उत्तरदायित्व आधारित नेतृत्व ही भविष्य बनाता है। नेतृत्व पद से नहीं, व्यवहार से सिद्ध होता है। सच्चा लीडर वही है जो स्वयं को पहले मार्गदर्शित करे,जिम्मेदारी ले, न कि दोष दे, विश्वास बनाए, न कि भय, सशक्त करे, न कि नियंत्रित, प्रेरणा बने, न कि आदेश देने वाला और

यह सब तभी संभव है जब नेतृत्व की जड़ें उत्तरदायित्व में हों। उत्तरदायित्व नेतृत्व को अधिकार से प्रभाव में, आदेश से प्रेरणा में,और पद से उद्देश्य में बदल देता है। अंततः, नेतृत्व का लक्ष्य अनुयायी बनाना नहीं, और अधिक लीडर बनाना है।

विज्ञान का अर्थ केवल प्रयोगशालाओं में होने वाले प्रयोगों, मशीनों, उपकरणों या आविष्कारों तक सीमित नहीं है, बल्कि विज्ञान का मूल उद्देश्य है सत्य की खोज। यह खोज होती है तर्क,परीक्षण,अवलोकन और निष्कर्षों के आधार पर। वैज्ञानिक दृष्टिकोण अर्थात् "साइंटिफिक टेंपरामेंट" उसी सोच का नाम है जो हर विषय को तर्क के आधार पर समझने,परखने और अपनाने में विश्वास रखती है। यह नज़रिया व्यक्ति को न केवल स्वतंत्र सोच की क्षमता देता है,बल्कि समाज को भी अंधविश्वास,मिथकों और रूढ़ियों से मुक्त करने का मार्ग दिखाता है।'वैज्ञानिक नज़रिया' का अर्थ है किसी भी वस्तु, घटना, प्रक्रिया या विचार को तर्क,प्रमाण,प्रयोग और परीक्षण के आधार पर परखना,बिना किसी पूर्वाग्रह के निष्कर्ष निकालना और उस पर पुनः सोचने के लिए भी तैयार रहना।इसका अभिप्राय यह नहीं कि केवल वैज्ञानिक विषयों में ही इसका उपयोग हो बल्कि यह हर उस क्षेत्र में लागू होता है जहाँ विचार,निर्णय या समझ की आवश्यकता हो,चाहे वह शिक्षा हो,धर्म हो,समाजशास्त्र हो या राजनीति। वैज्ञानिक नज़रिया का मतलब होता है, आज़ाद नज़रिया अर्थात् परम्पराओं,रूढ़ियों, मिथकों, अंधविश्वासों, पाखंडों से आज़ाद।भारतीय संविधान का भाग 4 जो कि नीति निदेशक तत्वों से संबंधित है, उसमें अनुच्छेद 51 (क) में यह उल्लेखित है “It shall be the duty of every citizen of India to develop the scientific temper, humanism and the spirit of inquiry and reform।” इसके अनुसार,वैज्ञानिक दृष्टिकोण अपनाना केवल एक वैकल्पिक सोच नहीं बल्कि हर नागरिक का कर्तव्य है। जब समाज में वैज्ञानिक नज़रिया होता है तो वहाँ विचारों का खुलापन,भिन्न मतों के

प्रति सहिष्णुता और नवाचार को प्रोत्साहन मिलता है। आज भी समाज में कई प्रकार के अंधविश्वास प्रचलित हैं जैसे ग्रह-नक्षत्रों की चाल से जीवन का निर्धारण,जादू-टोना, तंत्र-मंत्र,नज़र लगना,दैवी चमत्कार,मृतात्मा से संपर्क आदि।वैज्ञानिक दृष्टिकोण इन सभी धारणाओं को तर्क और प्रमाण के तराजू पर तौलने की सीख देता है।भारत की परंपरा में भी वैज्ञानिक सोच का इतिहास रहा है। चरक,सुश्रुत,आर्यभट्ट,भास्कराचार्य और वराहमिहिर जैसे वैज्ञानिकों ने अपने समय में गणित,खगोलशास्त्र,औषधि विज्ञान और चिकित्सा के क्षेत्र में अमूल्य योगदान दिया। परंतु जब अंधविश्वास और पाखंड ने ज्ञान का स्थान ले लिया,तो समाज प्रगति की बजाय जड़ता की ओर चला गया।

शिक्षा प्रणाली का प्रमुख उद्देश्य केवल परीक्षा पास करना नहीं बल्कि जिज्ञासा,प्रश्न करने की प्रवृत्ति,विश्लेषणात्मक सोच और समस्याओं के समाधान की क्षमता विकसित करना होना चाहिए। राष्ट्रीय शिक्षा नीति-2020 ने इस दिशा में सकारात्मक पहल की है। इसमें नवाचार,अनुसंधान और जिज्ञासु सोच को विशेष महत्त्व दिया गया है। बच्चे स्वभाव से ही जिज्ञासु होते हैं।वे क्यों,कैसे, क्या होगा? जैसे प्रश्न करते हैं।यदि हम उनकी जिज्ञासा को प्रोत्साहित करें,उनके प्रश्नों को डर या शर्म का विषय न बनाएं तो वह वैज्ञानिक दृष्टिकोण से युक्त नागरिक बन सकते हैं।'वैज्ञानिक नज़रिया' केवल एक वैचारिक अवधारणा नहीं है,यह लोकतांत्रिक, मानवतावादी और प्रगतिशील समाज की नींव है। भारत को यदि 21वीं सदी में एक समावेशी,समृद्ध और न्यायसंगत राष्ट्र बनाना है तो प्रत्येक नागरिक को वैज्ञानिक सोच को अपनाना होगा और

दूसरों को भी इसके लिए प्रेरित करना होगा।आइए हम सब मिलकर वैज्ञानिक दृष्टिकोण को केवल काग़ज़ों तक न रखें बल्कि जीवन का हिस्सा बनाएं।

कितना उचित है बच्चों को दण्ड देना ?

शिक्षा जगत में हिंसा और क्रूरता का कोई स्थान नहीं है, किन्तु हाल ही में कुछ घटनाओं के बारे में जानकर मन में यह प्रश्न उठता है कि कहीं हमारा शिक्षक समुदाय भी मानवीय संवेदनाओं पर आधारित शिक्षक-बालक संबंधों को ताक पर रखकर हिंसा और क्रूरता के रास्ते पर तो अग्रसर नहीं हो रहा है। कुछ समय पूर्व अखबार में छपी एक खबर ने दिल दहला दिया कि उचित ड्रेस पहनकर न आने की गलती पर शिक्षिका ने छात्रा की पिटाई की और धूप में खड़े रहने की सज़ा दी, जिससे बाद में उसकी मृत्यु हो गई।

यह घटना हमें सोचने पर विवश करती है कि सभ्यता के इस युग में बालक-बालिकाओं को विद्यालयों में दण्ड देना कितना उचित है? छोटी-मोटी गलती करने पर, आदेश न मानने पर, गृहकार्य समय पर न करने या समय पर विद्यालय न आने पर बच्चों की इतनी पिटाई की जाती है कि संवेदनशील बच्चों के मन में पढ़ाई अथवा विद्यालय का भय बैठ जाता है। उनका मनोबल गिर जाता है और वे सदैव के लिए विद्यालय से भयभीत रहने लगते हैं।

कुछ लोग मानते हैं कि बिना दण्ड या भय के बच्चों में अपेक्षित सुधार संभव नहीं है या उनमें अनुशासन विकसित नहीं हो सकता। किन्तु यह आवश्यक नहीं कि दण्ड से बच्चा सुधर ही जाए; प्रायः इसका विपरीत प्रभाव पड़ता है। साथियों के समक्ष दण्डित किए जाने पर वे शर्मिन्दा होते हैं और प्रतिक्रिया स्वरूप वे उद्दण्ड और ढीठ बन जाते हैं।

बच्चों से बातचीत तथा उनकी सहमति से बनाए गए समूह-कक्षा के नियमों का पालन बच्चे स्वयं की समझ और रुचि से करते हैं, जबकि

इसके विपरीत उन पर थोपे गए नियमों अथवा बाहरी दबाव और आरोपित अनुशासन में वे घुटन महसूस करते हैं।

'दिगन्तर' में बच्चों के साथ कार्य करने के अपने अनुभव के आधार पर कहा जा सकता है कि बच्चे दण्ड या भय के बिना भी अनुशासन सीख सकते हैं और समूह-कक्षा में व्यवस्था बनाए रख सकते हैं। 'दिगन्तर' द्वारा संचालित विद्यालयों में सैद्धान्तिक और व्यवहारिक रूप से किसी भी प्रकार के (शारीरिक अथवा मानसिक) दण्ड और भय का प्रयोग बच्चों के साथ कार्य करते हुए नहीं किया जाता। यहाँ बच्चे मुक्त और भय-रहित वातावरण में अपनी सीखने की गति के साथ अध्ययन करते हैं।

शिक्षक और बच्चे दोनों मिलकर समूह-कक्षा की व्यवस्था से संबंधित कुछ नियम तय करते हैं, जिनका पालन इस प्रक्रिया में भागीदारी सभी को करना होता है। यदि सामूहिक सहमति से बनाए गए नियमों को कोई बच्चा अथवा शिक्षक तोड़ता है, तो उससे समूह साथियों द्वारा बातचीत की जाती है। बातचीत की इस सतत प्रक्रिया के चलते बच्चे स्वयं ही अपने आप को इस व्यवस्था में समायोजित कर लेते हैं। यहाँ बच्चे स्वयं को शिक्षक से अधिक जुड़ा हुआ महसूस करते हैं, क्योंकि स्वयं शिक्षक भी उन्हीं नियमों के दायरे में रहता है जो बच्चों पर लागू होते हैं।

यहाँ बच्चे शिक्षक की हर बात पर "क्यों" लगाते हैं। वे उसकी बात को तभी स्वीकार करते हैं जब वह उनकी समझ और तर्क पर खरी उतरती हो, जबकि इसके उलट दण्ड अथवा भययुक्त वातावरण में बच्चे किसी भी बात को बिना अपनी समझ बनाए केवल भय अथवा दबाव के कारण स्वीकार कर लेते हैं, जो आज के युग में अनुशासनहीनता का एक बड़ा कारण बन सकता है।

विद्यार्थी जीवन व्यक्ति के व्यक्तित्व निर्माण का काल होता है। इस समय प्राप्त अनुभवों की स्पष्ट छाप भावी जीवन में दिखाई पड़ती है। विद्यार्थी काल में कठोर दण्ड अथवा भय के द्वारा बच्चों के बचपन को कुंठित करने का अर्थ है पूरे समाज को कुंठित करना।

शिक्षक व्यक्ति के जीवन में महत्वपूर्ण भूमिका निभाता है। घर के बाद सबसे अधिक प्रभाव बच्चे पर विद्यालय का पड़ता है और विद्यालय में आजकल छात्रों द्वारा एक-दूसरे के कान खिंचवाना, थप्पड़ लगवाना, हाथ ऊपर कराकर घंटों खड़े रखना, विद्यालय परिसर के चक्कर लगवाना, मुर्गा बनाना, कान पकड़कर उठक-बैठक लगवाना, घुटनों के बल चलवाना आदि आम सजाएँ हैं, जिन्हें बच्चों के अभिभावक जानते-बूझते हुए भी गंभीरता से नहीं लेते। इन सजाओं से बच्चों का कितना आत्मविश्वास टूटता है और उन्हें कितना मानसिक व शारीरिक कष्ट होता है, यह बताने की आवश्यकता नहीं है।

निष्कर्षतः बच्चों को शारीरिक, मानसिक अथवा किसी भी रूप में प्रताड़ित करने पर दोषी अध्यापकों को दण्डित करने का प्रावधान तो होना ही चाहिए, परन्तु उससे अधिक आवश्यकता इस दिशा में सामाजिक जागरूकता की है। बच्चों के अभिभावकों तथा हम सभी को मिलकर यह चिंता करनी होगी कि विद्यालय की चारदीवारी में बच्चों का बचपन सुरक्षित है या नहीं।

(शिक्षा विमर्श-पत्रिका के अक्तूबर -1999 के अंक में प्रकाशित लेख)

सवाल ही लोकतंत्र को मजबूती देते हैं

आपके दिमाग में खयाल आ रहा होगा कि लोकतंत्र को मजबूत कैसे बनाया जाये ? ऐसा क्या किया जाये जिससे देश में बदलाव लाया जा सके ? तो इसका जवाब मैं आपको अपने उस ज्ञान और अनुभव के आधार पर दूंगा जब मैं राजनीति विज्ञान से अधिस्नातक का विद्यार्थी था। नागरिक शास्त्र,लोक प्रशासन जैसे गूढ विषयों पर अपने अध्यापकों के साथ माथा पच्ची कर रहा था। इन सबने मुझे सिखाया कि लोकतंत्र में सवाल पूछने और जागरूक रहकर जीने की बड़ी अहमियत होती है। चाहे आपके गाँव का सरपंच हो या देश का प्रधानमंत्री या फिर किसी राजनीतिक दल का अध्यक्ष या सदस्य, इन सब से सवाल पूछियेगा। पूछिये कि जिन संवैधानिक वादों और घोषणाओं के बल पर उन्होंने वोट माँगा था, सत्ता हासिल की थी उस सब का क्या हुआ ? कुछ भी नहीं हुआ तो क्यों नहीं हुआ ? कब होगा और कैसे होगा ? इन सब पर सवाल उठाइये,जवाब मांगना आपका संवैधानिक अधिकार है। सवाल ही लोकतंत्र को मजबूती देते हैं। हम अपने घर या ऑफिस में भी तो सभी से पैसे का हिसाब या काम का हिसाब लेते हैं वैसे ही इन देश के नेताओं से भी लीजिये।जनकल्याण और देश हित के लिए काम करने का दबाव बनाइये।निजीकरण का विरोध कीजिए।दबाव बनाइये कि सरपंच, वार्ड पार्षद, विधायक,सांसद,मंत्री, मुख्यमंत्री या प्रधानमंत्री सभी का इलाज सरकारी अस्पतालों में हो।ये सरकारी अस्पताल उनके क्षेत्र के होने चाहिए।स्थिति गंभीर होने पर ही अपने ही राज्य के बड़े सरकारी अस्पतालों में उन्हें रैफर किया जाए।यह कानून बनाने के लिए जनमत तैयार कीजिए कि सरपंच से लेकर प्रधानमंत्री तक के सभी

जनप्रतिनिधियों के बच्चों को सरकारी स्कूल अथवा कॉलेज में ही शिक्षा प्रदान की जाये।शिक्षा और स्वास्थ्य सेवाओं का नीजिकरण बंद किया जाए।यह भी कानून बनाने के लिए सरकार पर दबाव बनाइये कि जनप्रतिनिधियों को उनके मूल व्यवसाय से इस्तीफा देकर ही जनप्रतिनिधि के रूप में कार्य करने को मान्यता दी जाए।यदि मूल व्यवसाय नहीं छोड़ें तो उन्हें हमेशा के लिए चुनाव लड़ने के लिए अयोग्य घोषित किया जाए क्योंकि जनप्रतिनिधियों को सरकारी तनख्वाह एवं अन्य खर्च मिलते हैं।यदि हम चाहते है कि राजनिति में अपराधीकरण पर रोक लगे तो हमें आवाज़ उठानी होगी कि किसी भी जन प्रतिनिधि पर कोई भी आपराधिक केस या प्रकरण साबित होने पर उनके चुनाव लड़ने पर रोक लगे। लोकतंत्र में पारदर्शिता बहुत जरुरी होती है।सरकार में कैबिनेट की होने वाली प्रत्येक मीटिंग(सुरक्षा को छोड़ कर)लाइव की जाए।कुछ भी छुपा हुआ एजेंडा न रहे।जनता को सभी जानकारियाँ दी जानी चाहिए।आख़िरकार लोकतंत्र में जनता के प्रति जवाबदेही तो होनी ही चाहिए। जनप्रतिनिधियों के साथ रहने और घूमने वाले समर्थकों का पुलिस वेरिफिकेशन किया जाए और उनकी आय का भी लेखा जोखा रखा जाए।जाति और धर्म के आधार पर बने सारे संगठन एवं राजनीतिक दलों की मान्यता खत्म कर ऐसे दलों पर प्रतिबंध लगाया जाना चाहिए। चुनाव पूर्व किये गए प्रत्येक वादे को पूर्ण करने का सख्त कानून बनाया जाए।प्रत्येक वर्ष जनता को हिसाब दिया जाए।इससे भ्रष्टाचार पर लगाम लगाई जा सकेगी।जनप्रतिनिधियों की आमदनी का प्रत्येक 6 माह में ऑडिट किया जाए साथ ही उनके परिजनों की आय का भी लेखा जोखा रखा जाए।आय से अधिक संपति पाये जाने पर नोटिस देकर जवाब मांगा

जाए अन्यथा सदस्यता रद्द की जाये।किसी भी तरह का चंदा या अनुदान पूर्णरूपेण पारदर्शी बनाया जाए।यदि हम सब मिलकर इन सब मुद्दों पर पुरजोर आवाज़ उठाएं तो देश और उसके लोकतंत्र को सबसे शक्तिशाली और समृद्ध बनने से कोई नहीं रोक सकता।

पर्यावरण शिक्षा : एक दृष्टि

प्रारम्भिक स्तर पर पर्यावरण शिक्षा एक जटिल और चुनौतीपूर्ण मसला है। पर्यावरण शिक्षा का विषय-क्षेत्र व्यापक और विविधतापूर्ण है, जबकि बच्चों का सोच और अनुभव संसार सीमित होता है। फिर पर्यावरण शिक्षा में सम्मिलित विषयों की प्रकृति भी भिन्न होती है। ऐसी स्थिति में इन विषयों की सार्थक एकता और पर्यावरण अध्ययन की आधारभूत प्रविधियों पर विचार महत्त्वपूर्ण हो जाता है। प्रस्तुत लेख इसी आवश्यकता पर टिप्पणी और कुछ दिशा-संकेत करता है।

शिक्षा का उद्देश्य और पर्यावरण

शिक्षा कैसी हो या उसके उद्देश्य क्या हों? जब हम इस पर विचार करते हैं तो यह प्रश्न उठता है कि हम किस प्रकार का समाज वांछनीय समझते हैं और उस समाज में किस प्रकार के व्यक्ति चाहते हैं। सम्पूर्ण जीव-जगत की प्रवृत्ति को देखें तो जीवन जहाँ भी होता है, उसमें अपने अस्तित्व को बनाए रखने की प्रवृत्ति पाई जाती है। हर जीवधारी अपने जीवन-काल को सुरक्षित रखने का प्रयास करता है।

मनुष्य भी निरन्तर अपने लिए बेहतर परिस्थितियाँ बनाने का प्रयास करता है। इसी कारण समाज का निर्माण हुआ, संस्कृति का जन्म हुआ, ज्ञान और कौशल का विकास हुआ तथा प्रकृति को समझने और कुछ सीमा तक नियंत्रित करने की आवश्यकता उत्पन्न हुई।

शिक्षा का व्यापक उद्देश्य व्यक्तियों में ऐसी क्षमताओं का विकास करना होना चाहिए जिससे वे सामाजिक, सांस्कृतिक और भौतिक जगत में स्वनिर्देशित, उत्तरदायी और प्रभावी ढंग से विचार व कार्य कर सकें। शिक्षा का उद्देश्य व्यक्ति को अपने पर्यावरण के अनुरूप ढलना तथा

प्रकृति के साथ सामंजस्य स्थापित करने की क्षमता विकसित करना भी है। पर्यावरण शिक्षा के माध्यम से यह संवेदना विकसित होती है कि मनुष्य सम्पूर्ण प्रकृति चक्र का एक अंग है और उसे प्रकृति के प्रति उत्तरदायी भूमिका निभानी चाहिए।

पर्यावरण के प्रति संवेदनशीलता

सामाजिक मूल्यों और भावनात्मक विकास के साथ व्यक्ति पर्यावरण के प्रति लगाव रखना सीखता है और उसके संरक्षण व संवर्धन के प्रति अधिक सक्रिय बनता है। वह पर्यावरण की समस्याओं को समझने तथा सामाजिक, आर्थिक, राजनीतिक और सांस्कृतिक आधार पर उनका मूल्यांकन करने में सक्षम होता है।

पर्यावरण शिक्षा केवल जानकारी देना नहीं है, बल्कि व्यक्ति और उसके परिवेश के बीच संबंधों को समझना है। जीव-जन्तु, पेड़-पौधे और मनुष्य एक-दूसरे पर निर्भर हैं। इस अंतःनिर्भरता को समझना पर्यावरण शिक्षा का मुख्य उद्देश्य है।

बच्चों की दुनिया और पर्यावरण

बच्चों का अपना संसार होता है, उनका अपना पर्यावरण होता है और उसके साथ उनका आत्मीय संबंध होता है। बच्चों में अत्यधिक जिज्ञासा और उत्सुकता होती है। कभी जल, कभी हवा, कभी पृथ्वी, कभी मौसम सब उनके प्रश्नों को जन्म देते हैं। वे पूछते हैं यह क्यों होता है ?

कैसे होता है ? कहाँ से आता है ? यही जिज्ञासा उन्हें प्रकृति से जोड़ती है। लेकिन विद्यालयों में प्रायः उन्हें किताबों के माध्यम से जानकारी रटाई जाती है। वे भीड़-भाड़ वाली कक्षा में बैठकर प्रकृति को समझने को बाध्य होते हैं, जबकि प्रकृति को समझने के लिए प्रकृति के बीच जाना

आवश्यक है। यदि पर्यावरण शिक्षा बच्चों को प्रकृति के बीच जाकर स्वयं अनुभव करने का अवसर नहीं देती, तो उसे वास्तविक पर्यावरण शिक्षा नहीं कहा जा सकता।

अनुभव आधारित अधिगम

बच्चे अपने पर्यावरण के साथ अंतःक्रिया के माध्यम से सीखते हैं। वे लोगों से मिलकर, कार्य देखकर और स्वयं प्रयोग करके अधिक सीखते हैं। यदि हम कक्षा में बैठाकर कुम्हार या डाकिया के बारे में बताएँगे तो सीमित सीख होगी, लेकिन उनसे मिलकर बातचीत करने से वास्तविक समझ विकसित होगी। इस प्रकार पर्यावरण शिक्षा में अपार शैक्षिक संभावनाएँ हैं।

बहुविषयी स्वरूप

पर्यावरण शिक्षा बहुविषयी है। इसमें जैविक, सामाजिक, आर्थिक, राजनीतिक और मानवीय पहलू सम्मिलित हैं। यह वह अध्ययन क्षेत्र है जिसमें जीव-जन्तु, पौधे और मानव समुदाय अपने पर्यावरण के साथ संबंध स्थापित करते हैं। प्रकृति के अध्ययन में वनस्पति विज्ञान, भूगोल, कृषि, जीवविज्ञान, रसायन, भौतिक विज्ञान आदि आते हैं। समाज के अध्ययन में इतिहास, दर्शन, समाजशास्त्र, अर्थशास्त्र, नीतिशास्त्र आदि आते हैं। इसलिए पर्यावरण शिक्षा एक समग्र अध्ययन क्षेत्र है, पृथक विषय नहीं।

पाठ्यक्रम और शिक्षक की भूमिका

पर्यावरण शिक्षा के लिए केवल सामग्री पर्याप्त नहीं, बल्कि उपयुक्त क्रियान्वयन भी आवश्यक है। प्राथमिक से माध्यमिक स्तर तक बच्चों की जिज्ञासा के अनुसार विषय-क्षेत्र का विस्तार होना चाहिए। शिक्षकों

को ऐसा प्रशिक्षण दिया जाना चाहिए जो विभिन्न विषयों की आवश्यकताओं को पूरा कर सके। पर्यावरण शिक्षा का स्वरूप विशेषतः अनुभवात्मक और प्रायोगिक है। कक्षा के बाहर की गतिविधियाँ भी इसका अंग हैं।

कक्षा से बाहर सीखना

बच्चे प्रकृति के निकट जाएँ, उसका अवलोकन करें, अनुभव प्राप्त करें, प्रश्न पूछें और मिलकर उत्तर खोजें , यही वास्तविक पर्यावरण शिक्षा है। वे अवलोकन, चित्रांकन, प्रयोग और चर्चा के माध्यम से ज्ञान का निर्माण करें। इस प्रकार उनका ज्ञान और अनुभव स्वाभाविक रूप से विकसित होगा।

(शिक्षा विमर्श-पत्रिका अप्रैल -मई- 2002 के अंक में प्रकाशित)

एजुकेट गर्ल्स : बालिका शिक्षा के साथ मेरी यात्रा

वर्ष 2007 में स्थापित एजुकेट गर्ल्स केवल एक संस्था नहीं, बल्कि ग्रामीण भारत की उन अनगिनत बालिकाओं की आशा है जिनके सपनों और विद्यालय के बीच दूरी, अभाव और सामाजिक धारणाएँ दीवार बनकर खड़ी थीं। शिक्षा का अधिकार अधिनियम (2009), समग्र शिक्षा और राष्ट्रीय शिक्षा नीति (2020) की भावना के अनुरूप यह संस्था लड़कियों को शिक्षा से जोड़ने के माध्यम से समाज में परिवर्तन की प्रक्रिया को गति दे रही है।

मेरा इस संस्था से जुड़ाव औपचारिक नियुक्ति से बहुत पहले शुरू हो चुका था। वर्ष 2009 में राज्य स्तरीय तकनीकी समूह के सदस्य के रूप में मैंने इसकी कार्यप्रणाली को निकट से समझना प्रारम्भ किया। बाद में 2014 में राजस्थान के बूंदी जिले में जिला प्रबंधक के रूप में कार्यभार संभालते हुए मैंने इस विचार को केवल दस्तावेज़ों में नहीं, बल्कि ग्राम शिक्षा सभा और मोहल्ला बैठकों तथा घर-घर सर्वे के माध्यम से गाँवों की पगडंडियों, विद्यालयों के बरामदों और अभिभावकों की आशंकाओं में जीवित रूप में देखा। पिछले एक दशक से अधिक समय में मेरा कार्य शैक्षिक कार्यक्रमों के लिए कार्यनीति का निर्माण, ज्ञान का पिटारा सामग्री निर्माण, विद्या एवं प्रगति कार्यक्रमों की विषयवस्तु, प्रशिक्षण और फील्ड क्रियान्वयन से जुड़ा रहा है। वर्तमान में 2023 से लखनऊ में समग्र शिक्षा (माध्यमिक) की तकनीकी सहयोग इकाई के साथ कार्य

करते हुए मैं इस अनुभव को कक्षा 6 से कक्षा 12 तक के विद्यार्थियों के साथ व्यापक स्तर पर शिक्षा सुधार में उपयोग कर रहा हूँ।

एजुकेट गर्ल्स का विजन : एजुकेट गर्ल्स की दृष्टि ऐसी भारत की परिकल्पना करना है जहाँ प्रत्येक बच्चा गुणवत्तापूर्ण शिक्षा तक समान अवसरों के साथ पहुँच सके। इस उद्देश्य के अंतर्गत संस्था सभी लड़कियों के जीवन में व्यवहारिक, सामाजिक तथा आर्थिक परिवर्तन लाने का प्रयास करती है, ताकि वे आत्मनिर्भर, जागरूक और सशक्त नागरिक बन सकें।

इस दृष्टि को साकार करने के लिए संस्था का मिशन समुदाय तथा सरकार के उपलब्ध संसाधनों का प्रभावी उपयोग करना है, जिससे यह सुनिश्चित किया जा सके कि सभी लड़कियाँ विद्यालय में नामांकित हों और प्रभावी रूप से सीख भी रही हों। सामुदायिक भागीदारी और सरकारी तंत्र के सहयोग से शिक्षा को स्थायी और परिणामोन्मुख बनाने पर विशेष बल दिया जाता है।

इसी क्रम में संस्था ने अपना स्पष्ट लक्ष्य निर्धारित किया है कि वर्ष 2035 तक कुल मिलाकर 1 करोड़ (10 मिलियन) शिक्षार्थियों के लिए शिक्षा की पहुँच और उसकी गुणवत्ता में सुधार किया जाए, ताकि व्यापक स्तर पर सीखने के परिणाम बेहतर हों और शिक्षा का वास्तविक लाभ समाज के प्रत्येक वर्ग तक पहुँच सके।

सफीना हुसैन एक प्रतिष्ठित सामाजिक कार्यकर्ता और प्रभावी लीडर तथा एजुकेट गर्ल्स की संस्थापक और बोर्ड सदस्य हैं। एजुकेट गर्ल्स भारत के दूरस्थ और शैक्षिक रूप से वंचित गाँवों में समुदायों को सशक्त बनाकर लड़कियों की शिक्षा को बढ़ावा देने के लिए कार्यरत एक प्रमुख

गैर-लाभकारी संस्था है। उनके सतत प्रयासों की सराहना करते हुए हाल ही में उन्हें लंदन स्कूल ऑफ इकोनॉमिक्स एंड पॉलिटिकल साइंस (LSE) द्वारा मानद डॉक्टरेट प्रदान किया गया। इससे पहले वर्ष 2023 में वे ग्रामीण भारत में लड़कियों की शिक्षा में योगदान के लिए WISE Prize से सम्मानित होने वाली पहली भारतीय महिला बनीं जो उनकी असाधारण उपलब्धि को दर्शाता है।

सफीना के नेतृत्व में एजुकेट गर्ल्स वैश्विक स्तर पर एक अग्रणी संगठन के रूप में उभरा है, जिसने शिक्षा में लैंगिक अंतर को कम करने हेतु नवोन्मेषी वित्तपोषण मॉडल और तकनीक का प्रभावी उपयोग किया। उनके मार्गदर्शन में संस्था ने शिक्षा क्षेत्र का विश्व का पहला डेवलपमेंट इम्पैक्ट बॉन्ड लागू किया । एक परिणाम-आधारित वित्तीय मॉडल जिसने नामांकन और सीखने दोनों में उल्लेखनीय सफलता प्राप्त की। साथ ही, उनकी पहल पर एजुकेट गर्ल्स एशिया का पहला TED Audacious Project बना, जो विश्व की जटिल चुनौतियों के समाधान को व्यापक स्तर पर लागू करने के लिए सहयोगात्मक वित्त पोषण का मंच है।

सफीना हुसैन को नीति आयोग का Women Transforming India Award भी प्रदान किया गया है। इसके अतिरिक्त उन्हें USAID Millennium Alliance Award, MIT Solve — Learning for Girls & Women Challenge, Skoll Award for Social Entrepreneurship तथा World Bank India Development Marketplace Award जैसे अनेक अंतरराष्ट्रीय सम्मानों से नवाज़ा जा चुका है। हाल ही में एजुकेट गर्ल्स को एशिया का नोबेल के नाम से प्रसिद्ध रमन मेग्सेसे पुरुस्कार से सम्मानित किया गया । सफीना हुसैन

का बचपन नई दिल्ली में बीता और वे लंदन स्कूल ऑफ इकोनॉमिक्स की पूर्व छात्रा हैं।

एजुकेट गर्ल्स के साथ इस यात्रा में मेरा अनुभव यही रहा कि शिक्षा केवल पाठ्यक्रम नहीं बदलती, यह परिवार, समुदाय और अंततः समाज की सोच बदल देती है।

मूलभूत मूल्य : इस पूरी यात्रा में संस्था के मूल मूल्य, लैंगिक समानता, तदानुभूति, सहयोग, उत्कृष्टता और सत्यनिष्ठा केवल सिद्धांत नहीं रहे, बल्कि दैनिक कार्य व्यवहार का आधार बने।

एजुकेट गर्ल्स निम्नलिखित मूलभूत मूल्यों पर आधारित कार्य करती है-

1. लैंगिक समानता (Gender Equality)

हम किसी व्यक्ति की क्षमता का आकलन उसके लिंग के आधार पर नहीं करते और न ही किसी प्रकार का भेदभाव करते हैं। हम सभी को समान अवसर प्रदान करने में विश्वास रखते हैं तथा किसी भी प्रकार के लैंगिक पक्षपात के प्रति शून्य सहिष्णुता (Zero Tolerance) रखते हैं।

2. तदानुभूति (Empathy)

हम अपने सभी हितधारकों को समझते हैं, उन्हें स्वीकार करते हैं और उन्हें विशिष्ट तथा मूल्यवान व्यक्तियों के रूप में सम्मानपूर्वक व्यवहार करते हैं।

3. सहयोग (Collaboration)

हम सभी हितधारकों के साथ साझेदारी में कार्य करते हैं ताकि सामूहिक ज्ञान का अधिकतम उपयोग कर अपने प्रयासों को अधिक प्रभावशाली बनाया जा सके। उत्कृष्ट परिणामों की कुंजी टीमवर्क है।

4. उत्कृष्टता (Excellence)

हम निरंतर नवीन तरीकों को अपनाकर और प्रतिपुष्टि साझा करते हुए उच्च गुणवत्ता वाले परिणाम प्राप्त करने का प्रयास करते हैं, ताकि व्यक्ति और संगठन — दोनों स्तरों पर निरंतर सुधार हो सके।

5. **सत्यनिष्ठा एवं जवाबदेही** (Integrity & Accountability)

हम अत्यंत ईमानदारी के साथ कार्य करते हैं, नैतिक मूल्यों से कोई समझौता नहीं करते और सभी हितधारकों के बीच विश्वास की भावना विकसित करते हैं। हम अपने शब्दों और कार्यों की पूर्ण जिम्मेदारी लेते हैं।

समुदाय आधारित परिवर्तन की प्रक्रिया

संस्था द्वारा डोर टू डोर सर्वे में 6 से 14 वर्ष की अनामांकित एवं शाला त्यागी चिहिन्त बालिकाओं का आयु अनुसार विश्लेषण किया जाता है और इन सभी आयु वर्ग की बालिकाओं को शिक्षा की मुख्यधारा से जोड़ने का प्रयास किया जाता है। सर्वे के पश्चात प्राप्त प्रमाणित सूची के आधार पर रिपोर्ट बनाई जाती है जिसके अंतर्गत अनामांकित एवं शाला त्यागी बालिकाओ को उनकी आयु तथा व्यक्तिगत जानकारी के आधार पर चिह्नित कर, प्रत्येक कार्यकर्ता (एफ.सी) को उनके कार्य क्षेत्र से सम्बंधित सूचियाँ उपलब्द करा दी जाती है, जिसके द्वारा वो लक्षित बालिकाओं को शिक्षा की मुख्यधारा से जोड़ने के लिए प्रयास प्रारंभ कर देते हैं । इन प्रयासों के अंतर्गत मुख्य बाते आती हैं :

- बालिकाओ के घर का भ्रमण करके कारणों का पता लगाना एवं माता पिता से बात कर उनको शिक्षा के प्रति जागरूक करना ।
- विद्यालय से संपर्क स्थापित करना एवं बालिकाओ को नामांकित कराने हेतु विद्यालय स्टाफ की सहायता लेना।

- जन संपर्क जैसे: प्रधान ,जनप्रतिनिधियों, वार्ड पंच, जातिगत पंच या अन्य कोई प्रभावी व्यक्ति के माध्यम से बालिकाओ को नामांकित कराने का प्रयास करना।
- संस्था द्वारा चिहिन्त गतिविधियों ग्राम शिक्षा सभा,मौहला बैठकों इत्यादि के माध्यम से बालिकाओं को नामांकित कराने का प्रयास करना इत्यादि ।

एजुकेट गर्ल्स की सबसे बड़ी शक्ति इसका सामुदायिक मॉडल है। हजारों "जेंडर चैंपियंस" और स्वयंसेवकों की भागीदारी से यह संस्था 6–14 वर्ष की स्कूल-बाह्य बालिकाओं की पहचान कर उन्हें विद्यालय से जोड़ती है तथा सभी बच्चों में बुनियादी साक्षरता और संख्यात्मकता कौशल विकसित करती है। वहीं 15–29 वर्ष की किशोरियों और युवा महिलाओं के लिए द्वितीय अवसर शिक्षा उन्हें कक्षा 10–12 की शैक्षिक योग्यता के साथ जीवन कौशल प्रदान करती है। आज लाखों बच्चों और हजारों गाँवों में इसका प्रभाव दिखाई देता है।

सीख और विकास : टीम बालिका मॉडल की खोज

संस्था की एक प्रमुख विशेषता इसकी सीखने की संस्कृति है। प्रारम्भिक वर्षों में हमने देखा कि समुदाय में स्वतः नेता उभरते हैं, पर वे निरंतर नहीं रहते। शिक्षा प्रेरक मॉडल ने कुछ समाधान दिया, पर स्थायी नहीं रहा। अंततः साक्ष्य आधारित प्रयासों से स्पष्ट हुआ कि प्रेरणा, पहचान और उद्देश्य से जुड़े स्वयंसेवक सबसे प्रभावी होते हैं और यहीं से टीम बालिका मॉडल विकसित हुआ। यह मेरे लिए एक महत्वपूर्ण सीख थी कि सामाजिक परिवर्तन में आर्थिक प्रोत्साहन से अधिक महत्त्व भावनात्मक स्वामित्व का होता है। नीचे कुछ प्रमुख सीखों का उल्लेख है।

टीम बालिका मॉडल तक हम कैसे पहुँचे ?

प्राकृतिक नेतृत्व (Natural Leaders):

पायलट परियोजना के बाद हमने पाया कि जिन विद्यालयों में नामांकन, ठहराव और सीखने के प्रतिफल प्राप्त करने में सफलता अधिक थी, वहाँ समुदाय की सक्रिय भागीदारी और प्रेरणा के माध्यम से एक स्थानीय प्राकृतिक लीडर **(टीम बालिका)** उभर कर सामने आए । जहाँ भी एजुकेट गर्ल्स समुदाय को शिक्षा के मुद्दों पर प्रभावी ढंग से प्रेरित कर पाया, वहाँ गाँव के भीतर ही नेतृत्व विकसित हुआ और उसने कार्य को आगे बढ़ाया।

किन्तु इन टीम बालिकाओं पर निर्भरता की अपनी सीमाएँ थीं। यद्यपि वे परिवर्तन लाने के लिए प्रेरित थे, पर उनके प्रयास निरंतर नहीं रहते थे। कई गाँवों में ऐसे टीम बालिकाओं के बनने में महीनों लग जाते थे और कुछ स्थानों पर ऐसा कोई व्यक्ति मिल ही नहीं पाता था।

शिक्षा प्रेरक (Shiksha Prerak):

निर्धारित समय में प्राकृतिक टीम बालिका न मिलने पर हमने कुछ गाँवों में 'शिक्षा प्रेरक' मॉडल का प्रयोग किया, जिसमें विद्यालयों में सीखने के परिणाम बेहतर करने हेतु 3 महीनों के लिए ₹500 प्रतिमाह का मानदेय दिया गया। विशेषकर आदिवासी और अत्यंत दूरस्थ क्षेत्रों में यह तरीका कारगर सिद्ध हुआ क्योंकि इससे कोई साक्षर व्यक्ति आगे आने को प्रेरित हुआ।

इससे हमें महत्वपूर्ण सीख मिली कि यदि हम स्वयं स्वयंसेवकों की खोज करें और उनकी स्पष्ट रूपरेखा तय करें, तो बेहतर परिणाम मिल सकते हैं। इसी दौरान एजुकेट गर्ल्स को विश्व बैंक डेवलपमेंट मार्केटप्लेस

प्रतियोगिता से नवाचार हेतु वित्तीय सहायता मिली, जिसके आधार पर हमने साक्ष्य-आधारित दृष्टिकोण (Evidence-based Approach) अपनाया।

साक्ष्य-आधारित दृष्टिकोण:

इसमें लगभग 300-400 सदस्यों के तीन समूह बनाए गए—

- पहले समूह को 3 महीनों तक ₹500 प्रतिमाह
- दूसरे समूह को 3 महीनों तक ₹1500 प्रतिमाह
- तीसरा समूह पूर्णतः स्वयंसेवक

पहले दो समूहों में सदस्यों को ढूँढना आसान था क्योंकि मानदेय का उल्लेख होते ही लोग आगे आते थे। जबकि स्वयंसेवकों की पहचान व्यापक भर्ती अभियान (घर-घर जागरूकता, लाउडस्पीकर घोषणाएँ, दीवार लेखन, पर्चे, अभिमुखीकरण कार्यक्रम आदि) के माध्यम से की गई। उद्देश्य था, भर्ती प्रक्रिया पर खर्च कर ऐसी प्रेरणात्मक पहचान बनाना जिससे लोग केवल सामाजिक उद्देश्य से जुड़ें। इसी प्रक्रिया से ऐसे समुदाय सदस्य सामने आए जो अपने गाँव में बदलाव के प्रति समर्पित थे। इन्हें हमने 'टीम बालिका' नाम देकर पहचान दी। टीम बालिका सदस्यों को रचनात्मक शिक्षण, सार्वजनिक वक्तृत्व का प्रशिक्षण तथा बैज व अन्य सामग्री प्रदान की गई।

समय के साथ पहले दो समूहों में भारी संख्या में लोग मानदेय समाप्त होते ही अलग हो गए, जबकि टीम बालिका सदस्य लगातार विद्यालयों और गाँवों में लड़कियों की शिक्षा के सच्चे समर्थक बनकर कार्य करते रहे। इनके कार्य से स्कूल-बाह्य लड़कियों के नामांकन और बच्चों के सीखने के स्तर में उल्लेखनीय सुधार हुआ।

इस प्रकार प्रेरणा-आधारित 'टीम बालिका' मॉडल, भुगतान-आधारित मॉडल से कहीं अधिक सफल सिद्ध हुआ और इसी तरह टीम बालिका मॉडल अस्तित्व में आया। वर्तमान में संस्था इनके दीर्घकालिक जुड़ाव के लिए सुदृढ़ प्रतिधारण (Retention) मॉडल विकसित करने हेतु विस्तृत अध्ययन कर रही है।

परिणाम आधारित वित्तपोषण : एक वैश्विक प्रयोग

डेवलपमेंट इम्पैक्ट बॉन्ड पहल इस संस्था के साहसिक प्रयोगों में से एक रही। जब वित्तीय निवेश को सीधे सीखने और नामांकन के परिणामों से जोड़ा गया, तब शिक्षा कार्यक्रम पहली बार सामाजिक उत्तरदायित्व और आर्थिक उत्तरदायित्व के साझा मंच पर खड़ा दिखाई दिया। लक्ष्य से अधिक परिणाम प्राप्त होना इस बात का संकेत था कि सही मॉडल मिलने पर सामाजिक क्षेत्र भी मापनीय प्रभाव उत्पन्न कर सकता है। एजुकेट गर्ल्स ने UBS ऑपटिमस फाउंडेशन (UBSOF) और चिल्ड्रनस् इनवेस्टमेंट फंड फाउंडेशन (CIFF) के साथ मिलकर शिक्षा क्षेत्र में विश्व का पहला डेवलपमेंट इम्पैक्ट बॉन्ड (DIB) प्रारम्भ किया। वर्ष 2015 से 2018 तक चले इस तीन वर्षीय प्रोजेक्ट के साथ शुरू से ही जुड़कर अपेक्षित परिणाम प्राप्त करने में मेरा सहयोग रहा । इस तीन वर्षीय प्रोजेक्ट का उद्देश्य "परिणाम-आधारित वित्तपोषण" मॉडल की व्यवहारिकता सिद्ध करना था, जिसमें धनराशि सीधे प्राप्त परिणामों से जुड़ी हुई थी।

इस पेमेंट-बाय-रिज़ल्ट्स मॉडल में CIFF (आउटकम पेयर) ने निवेशक UBSOF को मूल निवेश राशि के साथ अतिरिक्त प्रतिफल देने का वचन दिया, बशर्ते कि एजुकेट गर्ल्स (सेवा प्रदाता) निर्धारित लक्ष्यों को

प्राप्त करे। इस परियोजना का मुख्य फोकस वंचित समुदायों की लड़कियों के नामांकन में वृद्धि तथा बच्चों की आधारभूत सीख और संख्यात्मकता कौशल में सुधार था। तीन वर्षों के दौरान परिणामों का स्वतंत्र मूल्यांकन संस्था IDinsight द्वारा किया गया, जबकि परिणाम-आधारित वित्त परामर्श संस्था Instiglio ने DIB की रूपरेखा तैयार की और प्रदर्शन प्रबंधन सहयोग प्रदान किया।

इस परियोजना का कुल बजट 2,70,000 अमेरिकी डॉलर था। इसके अंतर्गत राजस्थान के भीलवाड़ा जिले के 140 गाँवों के 166 विद्यालयों में लगभग 7,300 बच्चों तक पहुँच बनाई गई। परियोजना में 80% ध्यान सीखने के स्तर में सुधार पर तथा 20% ध्यान लड़कियों के नामांकन पर केंद्रित था।

अंतिम परिणाम 13 जुलाई 2018 को वाशिंगटन डी।सी। में ब्रुकिंग्स इंस्टीट्यूशन द्वारा आयोजित कार्यक्रम में घोषित किए गए और एजुकेट गर्ल्स ने दोनों लक्ष्यों को पार कर लिया।

- **सीखने के लक्ष्य का 160% प्राप्त**

- अंतिम वर्ष में कार्यक्रम के विद्यालयों के विद्यार्थियों का सीखने का स्तर अन्य विद्यालयों के विद्यार्थियों की तुलना में 79% अधिक बढ़ा जो लगभग एक अतिरिक्त शैक्षणिक वर्ष के बराबर प्रगति दर्शाता है।

- **नामांकन लक्ष्य का 116% प्राप्त**

- कार्यक्रम क्षेत्र में 662 के लक्ष्य के विरुद्ध 768 स्कूल-बाह्य पात्र लड़कियों की पहचान कर उनका विद्यालय में नामांकन कराया गया।

यह पहल शिक्षा क्षेत्र में परिणाम-आधारित निवेश मॉडल की प्रभावशीलता का एक महत्वपूर्ण वैश्विक उदाहरण बनी।

विद्या कार्यक्रम : विद्यालय से पुनः जुड़ने की कहानी

विद्या कार्यक्रम केवल नामांकन अभियान नहीं है, बल्कि विश्वास निर्माण की प्रक्रिया है। जब टीम बालिका स्वयंसेवक घर-घर जाकर अभिभावकों से संवाद करते हैं, तब वे केवल शिक्षा का महत्व नहीं बताते, बल्कि उनकी आशंकाओं को समझते भी हैं। कई बार समस्या विद्यालय से दूरी की होती है, कई बार दस्तावेज़ों की — आधार कार्ड, पहचान पत्र, सामाजिक परिस्थितियाँ और कई बार समाज की परम्पराएँ।

मुझे अनेक ऐसे अवसर याद हैं जब एक संकोची पिता ने कहा, *"लड़की पढ़कर क्या करेगी?"* और कुछ महीनों बाद वही व्यक्ति अपनी बेटी की कॉपी दिखाते हुए गर्व से मुस्कुराया। यही परिवर्तन इस कार्यक्रम की वास्तविक सफलता है।

स्कूल चलो अभियान, मिशन प्रेरणा और गृह संपर्क जैसे सरकारी प्रयासों के साथ मिलकर कार्य करना इस मॉडल की विशेषता है, संस्था प्रतिस्पर्धा नहीं करती, सहयोग करती है।

शिक्षा का अस्थायी नहीं, निरंतर अधिकार

महाकुंभ के दौरान प्रवासी परिवारों के बच्चों के लिए अस्थायी शिक्षण केंद्र विद्या कुम्भ स्थापित करना सबसे संवेदनशील पहल रहा। जब हमने देखा कि बच्चे केवल इसलिए पढ़ाई से वंचित हो जाते हैं क्योंकि परिवार अस्थायी रूप से स्थान बदलता है, तब शिक्षा की निरंतरता का वास्तविक अर्थ समझ आया। ज्ञान का पिटारा गतिविधियों से बच्चों के चेहरों पर लौटती सीखने की उत्सुकता इस बात का प्रमाण थी कि शिक्षा सिर्फ भवनों की नहीं, अवसरों की मोहताज है।

टीम बालिका : परिवर्तन की वास्तविक वाहक

समय के साथ यह स्पष्ट हुआ कि कार्यक्रमों की सफलता योजनाओं से नहीं, लोगों से तय होती है। टीम बालिका स्वयंसेवक उसी परिवर्तन के जीवंत उदाहरण हैं। वे किसी वेतन या पद से नहीं, उद्देश्य से जुड़े हैं। उनके माध्यम से समुदाय की सोच बदली और यह परिवर्तन किसी आदेश से नहीं, विश्वास से आया।

उनकी उपलब्धियाँ — सम्मान, फैलोशिप, रोजगार — वास्तव में सामाजिक नेतृत्व की स्वीकृति हैं।

प्रगति कार्यक्रम : शिक्षा का दूसरा अवसर

2021 में शुरू प्रगति कार्यक्रम किशोरियों और युवा महिलाओं के लिए द्वितीय अवसर शिक्षा पहल है। यह सामुदायिक शिविर मॉडल के माध्यम से संचालित होता है, जहाँ छात्राएँ राज्य ओपन स्कूल के माध्यम से कक्षा 10 की परीक्षा की तैयारी करती हैं।

यह कार्यक्रम केवल अकादमिक सहायता ही नहीं देता बल्कि जीवन कौशल, डिजिटल साक्षरता, वित्तीय साक्षरता और 21वीं सदी के कौशल भी विकसित करता है। वर्तमान में राजस्थान, बिहार और मध्य प्रदेश में लगभग 15,500 शिक्षार्थी इससे जुड़े हैं। किशोरियों और युवा महिलाओं के लिए प्रगति कार्यक्रम उन अधूरे अध्यायों को पूरा करने का माध्यम है जिन्हें परिस्थितियों ने बीच में रोक दिया था। मेरे द्वारा विकसित पाठ्यक्रम और विषयवस्तु के साथ सामुदायिक शिविरों में पढ़ती 20-25 वर्ष की छात्राओं को देखना मेरे लिए हमेशा प्रेरणादायक रहा है क्योंकि वे केवल परीक्षा नहीं दे रहीं, वे अपने जीवन की दिशा पुनः लिख

रही हैं। यह कार्यक्रम शिक्षा को जीवन कौशल, डिजिटल और वित्तीय साक्षरता से जोड़कर आत्मनिर्भरता की ओर ले जाता है।

तकनीक और पारदर्शिता

फील्ड कार्य की प्रकृति के कारण निगरानी चुनौतीपूर्ण थी। मोबाइल ट्रैकिंग प्रणाली ने न केवल प्रबंधन को सुदृढ़ किया बल्कि कार्य की पारदर्शिता भी बढ़ाई। इससे स्पष्ट हुआ कि तकनीक तभी सार्थक है जब वह मानवीय प्रयास को सहयोग दे।

जब मैं पीछे मुड़कर देखता हूँ, तो यह केवल एक संगठन के साथ काम करने का अनुभव नहीं लगता — यह उन हजारों कहानियों का हिस्सा बनना है जहाँ पहली बार किसी लड़की ने अपना नाम लिखना सीखा, पहली बार किसी माँ ने बेटी को स्कूल भेजा, और पहली बार किसी गाँव ने शिक्षा को परम्परा से ऊपर रखा।

एजुकेट गर्ल्स मेरे लिए एक परियोजना नहीं, बल्कि यह विश्वास है कि यदि समुदाय को साथ लेकर चलें तो शिक्षा सचमुच सामाजिक परिवर्तन का सबसे शक्तिशाली माध्यम बन सकती है। उत्तर प्रदेश में तकनीकी सहायता इकाई के माध्यम से अकादमिक भूमिकाओं का निर्वहन करते हुए मैं एक दशक से भी ज्यादा समय से संस्था के उद्देश्यों और विजन को पूरा करने में निरन्तर मदद कर रहा हूँ।

सामाजिक शिक्षण कार्यक्रम : एक प्रयोग

देश के विभिन्न भागों में बच्चों की शिक्षा की स्थितियों को बेहतर बनाने का कार्य सरकारी योजनाओं एवं गैर-सरकारी संस्थाओं के माध्यम से किया जा रहा है। मौजूदा परिस्थितियों में परिवर्तन के लिए आवश्यक संघर्ष के दौर से गुजरना पड़ता है। यह संघर्ष पूर्व में बनी परिस्थितियों एवं उसके अनुकूल बन चुके मन (माइंड-सेट) तथा परिवर्तनकारी विचार के मध्य होता है। स्वतंत्रता एवं प्रेम के अनुभव से बच्चों में होने वाले परिवर्तन तथा इन परिवर्तनों के दृष्टिगोचर होने पर शिक्षकों तथा अभिभावकों में भी परिवर्तन की प्रक्रिया आरम्भ होती है। परिवर्तन की यह प्रक्रिया सरल न होकर द्वंद्वात्मक होती है। बहुत से अवरोध इस संक्रमण के दौरान आते हैं, लेकिन इस कार्य में लगे व्यक्तियों में विचार के प्रति आस्था, विश्वास तथा सम्मानजनक माहौल में यह संभव हो सकता है। व्यापक शिक्षा तंत्र में इसे ही विकल्प माना जा रहा है। कहीं-न-कहीं परिवर्तन की संभावना प्रकट करती है, प्रस्तुत रिपोर्ट।

केयर इंडिया उत्तर प्रदेश में शिक्षा में नवाचारों के लिए प्रयासरत संस्था है। उत्तर प्रदेश सरकार के साथ मिलकर प्रदेश के मोहनलालगंज ब्लॉक के लगभग 153 प्राथमिक विद्यालयों में सामाजिक शिक्षण पैकेज के क्रियान्वयन पर कार्य किया गया।

इस सामाजिक शिक्षण पाठ्यक्रम का उद्भव और विकास उत्तर प्रदेश के हरदोई जिले में चल रहे लड़कियों के शिक्षा कार्यक्रम "उड़ान" के अंतर्गत हुआ। यह कार्यक्रम दस से चौदह वर्ष की उन लड़कियों के लिए चलाया गया जो कभी स्कूल नहीं गईं या गईं भी तो थोड़े समय के लिए। यदि उन्हें शिक्षा नहीं मिलती तो वे सदा के लिए प्राथमिक शिक्षा से वंचित रह

जातीं। आवासीय उड़ान शिविर में यह समूह दस माह तक रहकर प्राथमिक शिक्षा पूरी करता था।

इस शिविर का उद्देश्य केवल शैक्षिक दक्षता प्रदान करना नहीं था बल्कि उनमें स्वतंत्र विचार करने की क्षमता, विश्लेषण कौशल तथा खोजपूर्ण प्रवृत्ति का विकास करना भी था ताकि वे बेहतर जीवन जी सकें तथा आगे की शिक्षा के लिए प्रेरित हों।

मई 2000 में 96 बालिकाओं के पहले बैच ने उड़ान कार्यक्रम के तहत अपनी प्राथमिक शिक्षा पूरी की। इन सभी बालिकाओं ने कक्षा 5 की परीक्षा दी, जिनमें से 91 बालिकाएँ सफल हुईं। इनमें से अधिकांश ने दूसरे स्कूलों में पढ़ना भी शुरू किया। इन बालिकाओं में आया बदलाव, उत्साह, आत्मविश्वास देखते ही बनता था। उड़ान शिविर में बालिकाओं के साथ काम करते समय ही सामाजिक शिक्षा कार्यक्रम की संकल्पना को मूर्त रूप दिया गया।

इस पाठ्यक्रम को विकसित करने में संबंधों को केंद्र में रखा गया। उदाहरण के लिए – स्वयं से संबंध, परिवार, दोस्त, समुदाय एवं स्थानीय पर्यावरण से संबंध, व्यापक समाज, संस्थाएँ, प्रकृति, सामाजिक, आर्थिक, राजनीतिक ढाँचों से संबंध तथा अंतर्संबंधों को इस पाठ्यक्रम का मूल विषय बनाया गया।

केयर ने अपने इस अनुभव से उत्साहित होकर प्रदेश सरकार के समक्ष प्राथमिक विद्यालयों के साथ मिलकर काम करने का प्रस्ताव रखा। प्रदेश सरकार ने जनशाला/सर्वशिक्षा अभियान के तहत मोहनलालगंज ब्लॉक के प्राथमिक विद्यालयों में प्रयोगात्मक तौर पर सामाजिक शिक्षा पाठ्यक्रम पर काम करने की मंजूरी दे दी।

मंजूरी के बाद केयर ने अपनी रणनीति का तानाबाना बुनना शुरू किया। जुलाई 2004 से ब्लॉक के कुछ विद्यालयों का एक अध्ययन किया गया जिसका उद्देश्य इन विद्यालयों में अध्ययनरत बच्चों के शैक्षणिक स्तर का मोटा अनुमान लगाना तथा व्यवस्थागत एवं सामुदायिक स्थितियों का पता लगाना था।

अध्ययन में अधिकांश बच्चों का शैक्षणिक स्तर अपेक्षा से निम्न पाया गया। बच्चे अपनी बात स्पष्टता से कहने तथा बड़े समूह के सामने रखने में झिझक अनुभव करते थे। विद्यालयों में अनुशासन अत्यधिक सख्त था। बच्चे डरे-सहमे कतारबद्ध बैठते थे। यदि कहीं शिक्षक पढ़ाते भी थे तो शिक्षण कार्य में एकतरफा संवाद होता था। बच्चों को अपनी सहमति व असहमति व्यक्त करने का कोई अवसर नहीं मिलता था। शिक्षक पढ़ाने से अधिक समय सरकारी कागजी कार्यवाहियों को पूरा करने या आपसी गपशप में व्यतीत करते थे। शिक्षक-बालक संबंध औपचारिक व यांत्रिक थे।

अगस्त 2004 में लगभग 350 शिक्षकों का चार दिवसीय प्रशिक्षण अलग-अलग चरणों में आयोजित किया गया। प्रशिक्षण के दौरान अधिकांश शिक्षक कार्यक्रम से अपेक्षित बदलावों के प्रति सैद्धांतिक रूप से सहमत थे, परंतु व्यावहारिक रूप से इसे लागू करने में उन्होंने कई प्रकार की कठिनाइयाँ व चिंताएँ व्यक्त कीं। इनमें मुख्य रूप से सरकारी कागजी कार्यवाही का बोझ, गैर-शैक्षणिक कार्य जैसे मतगणना, पल्स पोलियो, जनगणना आदि में लगे रहना तथा पाठ्यक्रम को निर्धारित समय सीमा में पूरा न कर पाना शामिल था।

शुरुआत में प्रत्येक विद्यालय में सप्ताह में तीन दिन एक घंटा सामाजिक शिक्षा पर काम करने की योजना बनाई गई। प्रारंभ में शिक्षकों में यह धारणा भी थी कि अन्य प्रशिक्षणों की तरह यह भी एक औपचारिक गतिविधि है। परंतु जब सामाजिक शिक्षा समन्वयक नियमित रूप से विद्यालयों में पहुँचने लगे तो सामाजिक शिक्षा पर काम करना शिक्षकों के लिए अनिवार्य-सा हो गया।

सामाजिक शिक्षा पैकेज में कक्षा 4 एवं 5 के बच्चों के लिए अलग-अलग थीम थीं, परंतु पहले वर्ष दोनों कक्षाओं के बच्चों के साथ कक्षा 4 की थीम पर सामूहिक रूप से काम करने का निर्णय लिया गया। पैकेज की पहली थीम अभिव्यक्ति से संबंधित थी। इसमें कहानी सुनना-सुनाना, पहेलियाँ पूछना, हावभाव से कविताएँ प्रस्तुत करना, मूक अभिनय, नाटक आदि गतिविधियाँ शामिल थीं।

इसी प्रकार परिवार व्यवस्था और नियम, समाचार और अखबार, चुनाव, अपनी देखभाल, यात्रा, डाकघर, संचार के माध्यम, परिवेश, विविधता, राशन कार्ड, पंचायत, विकेंद्रीकरण, बैंक, शरीर की समझ, बीमारियों का स्थानीय उपचार, स्वास्थ्य तंत्र की समझ, विवाह आदि ऐसी थीमें थीं जिनका उद्देश्य बच्चों में निर्भीक बोलने, स्पष्ट अभिव्यक्ति तथा संवाद कौशल का विकास करना था।

मासिक समीक्षा बैठकों में शिक्षकों के साथ कार्य के दौरान आई समस्याओं पर चर्चा की जाती थी। सामाजिक एवं लैंगिक विषमताओं के उदाहरण सामने आते थे। कक्षा में अक्सर लड़के और लड़कियाँ अलग-अलग बैठते थे। जातिगत आधार पर बच्चों को संबोधित करना,

विशेष जाति के बच्चों से पानी मंगवाना, विद्यालय में झाड़ू लगवाना, बच्चों को मारना आदि सामान्य बातें थीं।

लगातार संवाद और समीक्षा के बाद स्थितियों में कुछ परिवर्तन दिखने लगा। छह माह बाद पुनः एक अध्ययन किया गया जिसका उद्देश्य बच्चों में विकसित तर्क एवं विश्लेषण क्षमता, आत्मविश्वास, स्पष्ट अभिव्यक्ति आदि का आकलन करना था। अध्ययन के परिणाम सकारात्मक और उत्साहवर्धक थे। अधिकांश बच्चे अब स्पष्टता से अपनी बात कहने में सक्षम थे।

प्रत्येक विद्यालय में एक घंटा सामाजिक शिक्षा पैकेज पर काम होता था। यह कार्य कक्षा 4 और 5 के बच्चों के साथ सामूहिक रूप से होता था। आगामी सत्र से दोनों कक्षाओं के बच्चों के साथ अलग-अलग कार्य करने की योजना बनाई गई।

समुदाय के साथ बैठकों का आयोजन किया गया ताकि सामाजिक शिक्षा पैकेज के उद्देश्यों के प्रति समुदाय की समझ विकसित हो सके। प्रारंभ में बैठकों में कम लोग आते थे, परंतु निरंतर संपर्क और प्रयासों के बाद समुदाय की भागीदारी बढ़ने लगी। कुछ स्थानों पर बच्चों से गीत-कविताएँ और नाटक करवाने पर समुदाय ने आपत्ति भी जताई, परंतु संवाद से स्थिति में सुधार हुआ।

तीन-तीन माह के अंतराल पर विद्यालय स्तर पर सामुदायिक सम्मेलन आयोजित किए गए। बच्चों ने अपने सांस्कृतिक कार्यक्रम प्रस्तुत किए। समुदाय ने बच्चों में आए बदलाव को सराहा। फरवरी माह में ब्लॉक स्तरीय सामुदायिक सम्मेलन आयोजित किया गया जिसमें समुदाय के

सदस्यों, सरकारी अधिकारियों, शिक्षकों और बच्चों ने बढ़-चढ़कर भाग लिया।

वित्तीय संसाधनों की कमी के कारण बाद में सामाजिक शिक्षा समन्वयकों की टीम को छोटा करना पड़ा। अगले सत्र में कक्षा 4 और 5 के लिए अलग-अलग योजना बनाई गई। इस कार्य की देखरेख के लिए एक छोटी टीम नियुक्त की गई। प्रयास यह रहा कि सरकारी तंत्र में पहले से मौजूद न्याय पंचायत प्रभारी इस कार्यक्रम के अनुश्रवण एवं मूल्यांकन का कार्य करें और केयर तकनीकी सहयोग प्रदान करे।

उम्मीद की जानी चाहिए कि सरकार के न्याय पंचायत प्रभारी इस कार्यक्रम को केयर की मदद से सफलतापूर्वक संचालित करते हुए अपेक्षित परिणाम प्राप्त कर पाएँगे।

(शिक्षा विमर्श पत्रिका के मई-जून 2005 के अंक में प्रकाशित रिपोर्ट)

मेवात में शिक्षा की इब्तिदा : एक अनुभव

शिक्षा के क्षेत्र में ऐसे अनेक गैर सरकारी प्रयास देश के उन हिस्सों में चल रहे हैं, जहाँ सरकारी तंत्र शिक्षा की रोशनी नहीं पहुँचा पाया है। ये प्रयास समुदाय की साझेदारी और बच्चों की सहभागिता को आधार बनाकर किए जा रहे हैं। इनमें ही एक है राजस्थान के अलवर जिले में काम कर रही संस्था "इब्तिदा"। इस संस्था के साथ कार्य करने के फील्ड से मेरे अनुभव इस प्रकार हैं ।

मेवात एक पिछड़ा क्षेत्र है जिसके अंतर्गत राजस्थान के भरतपुर व अलवर जिलों के कुछ हिस्से व हरियाणा के गुड़गाँव व फरीदाबाद जिलों के कुछ हिस्से आते हैं। अलवर दिल्ली से 150 किलोमीटर दक्षिण-पश्चिम में स्थित है। मेवात क्षेत्र में मेव मुस्लिम समुदाय का बाहुल्य है जो इस क्षेत्र का पिछड़ा समुदाय माना जाता है। स्वास्थ्य, शिक्षा, महिलाओं की स्थिति व जागरूकता जैसे सामाजिक सूचकों के मामले में इस क्षेत्र की स्थिति अन्य समुदायों व क्षेत्रों की तुलना में काफी कमजोर है।

इब्तिदा, जो एक गैर सरकारी स्वैच्छिक संस्था है, शिक्षा एवं विकास के क्षेत्र में 1997 से कार्य कर रही है। इस संस्था का मुख्य लक्ष्य मेवात क्षेत्र में मेव समुदाय व अनुसूचित जाति का वह वर्ग है, जिसकी आजीविका मुख्यतः श्रम व पशुपालन पर आधारित है। इब्तिदा का उद्देश्य वंचित महिलाओं व बच्चों का सामाजिक, शैक्षिक एवं आर्थिक उत्थान कर उन्हें आत्मनिर्भर बनाने में मदद करना है।

उपरोक्त लक्ष्य की प्राप्ति हेतु इब्तिदा ने शिक्षा से वंचित बालक-बालिकाओं को गुणवत्तायुक्त शिक्षा मुहैया कराने; शिक्षा में समुदाय की सक्रिय सहभागिता सुनिश्चित करने; सूक्ष्म वित्त पर आधारित महिलाओं

के संगठन तैयार करने तथा जरूरतमंद महिलाओं को समय पर सरलता से ऋण उपलब्ध कराने; महिलाओं को ऋण हेतु बैंक एवं संस्थानों से जोड़कर उनकी आजीविका के साधनों में सुधार लाने; वंचित महिलाओं को बेहतर स्वास्थ्य शिक्षा तथा सामाजिक व आर्थिक सेवाओं तक पहुँचाने के लिए सशक्त करने, समुदाय संगठनों का निर्माण करने व सामाजिक व आर्थिक सेवाओं तक पहुँचाने के लिए सशक्त करने जैसे कार्यों को अपनी रणनीति का हिस्सा बनाया है।

इस रणनीति के पीछे एक ठोस आधार यह है कि जब तक समुदाय के साथ किए जाने वाले सशक्तिकरण जैसे कार्यक्रमों में स्वयं की सहभागिता नहीं होगी, तब तक उन कार्यक्रमों की सफलता संदिग्ध ही रहेगी।

इब्तिदा ने जब जनवरी 2002 में अपने नए कार्यक्षेत्र रामगढ़ पंचायत समिति की कुछ पंचायतों में काम करने का मन बनाया, तब क्षेत्र के पिछड़ेपन व विकास की मुख्यधारा से विलग होने के संदर्भ में एक मोटी समझ संस्था के पास पहले से ही थी, जिसके आधार पर ही क्षेत्र विशेष का चुनाव हो पाया। क्षेत्र के चुनाव के पश्चात क्षेत्र की सामाजिक, आर्थिक व शैक्षणिक स्थिति को विस्तार से समझने की दृष्टि से रामगढ़ पंचायत समिति की नीमर व रघुनाथगढ़ ग्राम पंचायतों के लगभग 40 गाँवों का विस्तृत सर्वे संस्था कर्मियों द्वारा किया गया।

इस सर्वे के दौरान हैरान कर देने वाला एक आश्चर्यजनक तथ्य यह निकलकर आया कि जहाँ सरकारी रिकॉर्ड में लगभग सभी बच्चों का प्राथमिक विद्यालय में नामांकन है, वहीं रघुनाथगढ़ पंचायत के अकेले तेलिया बास (कुछ परिवारों की बसावट वाले क्षेत्र को बास कहा जाता

है) में 150 लड़के व लड़कियाँ ऐसे निकले जो किसी सरकारी या निजी विद्यालय में पढ़ने नहीं जाते। कमोबेश पूरे क्षेत्र में छह सौ बालक-बालिकाएँ ऐसे मिले जो किसी भी विद्यालय से जुड़े हुए नहीं थे। इनमें लड़कियों की संख्या 60 प्रतिशत थी।

जब इन बच्चों के अभिभावकों से बातचीत की तो बच्चों को विद्यालय न भेजने के मुख्य कारणों में गाँव से सरकारी विद्यालयों का तीन-चार किलोमीटर दूर होना, सरकारी विद्यालयों में पढ़ाई का स्तर ठीक न होना, विद्यालयों में छात्रों के अनुपात में शिक्षकों की अनियमितता, लड़कियों को उम्र (14-15 वर्ष) में बड़ी हो जाने के कारण दूर पढ़ने न भेजना जैसे कारण सामने आए।

उपरोक्त सबके आधार पर संस्था ने अत्यधिक पिछड़े व विकास तथा शिक्षा की दृष्टि से उपेक्षित 19 गाँवों का चयन किया। इन सभी गाँवों में ग्रामवासियों के साथ मिलकर गाँव की मुख्य समस्याओं पर विस्तार से चर्चाएँ की गईं। इन समस्याओं में सड़क, पानी, बिजली, रोजगार व शिक्षा प्रमुख थीं। अधिकतर गाँवों में शिक्षा की समस्या प्राथमिकता पर नहीं थी।

चूँकि संस्था का एक लक्ष्य क्षेत्र की महिलाओं को आत्मनिर्भर बनाना तथा शिक्षा कार्यक्रम में उनकी सक्रिय सहभागिता बढ़ाना भी था, इस दृष्टि से सर्वप्रथम महिलाओं के स्वयं सहायता समूहों का गठन किया गया। 14-15 महिलाओं का प्रत्येक स्वयं सहायता समूह साप्ताहिक व पाक्षिक बचत करने लगा। बचत के पैसे सदस्यों को उधार देने तथा बैंकों से ऋण लेकर सदस्यों को उपलब्ध कराने में इन समूहों ने महत्वपूर्ण भूमिका निभाई। इन स्वयं सहायता समूहों ने पैसों के हिसाब-किताब के

साथ-साथ क्षेत्र के विकास व संबंधित समस्याओं के संदर्भ में भी विचार-विमर्श करना शुरू किया।

(शिक्षा विमर्श पत्रिका के अक्तूबर-नवम्बर -2005 के अंक में प्रकाशित मेरा एक अनुभव)

शिक्षक की डायरी के कुछ अंश

दिनांक : 11/2/2000 शिक्षक : नवलकिशोर सोनी

यह बालक रोशनी समूह में पढ़ता है। इस बालक का नाम रामू है और इसकी उम्र लगभग 11 वर्ष है। आज रामू समय पर स्कूल आया तथा सफाई कार्य में जुटा। यह बालक स्वभावतः बातूनी किस्म का है, बच्चों से अक्सर झगड़ता भी रहता है। लंच में मैं रामू के साथ खेला हूँ। दो दिन पूर्व मैंने इससे लगातार "समस्याओं" पर बातचीत भी की है।

आज सभा में खेल का दिन था। हम (सभी बच्चे व मैं) क्रिकेट खेल रहे थे। मैंने नोट किया कि आज रामू ने न तो कोई झगड़ा किया और न ही अव्यवस्था, पता नहीं क्यों?

समूह में रामू काम के दौरान अन्य बच्चों से बातें करता रहा। इसने मात्र दो ही प्रश्न किए। शेष काम अधूरा ही रहा। काम के प्रति मुझे यह थोड़ा गंभीर लगा। मैंने रामू से बातचीत की और काम करने की तरफ ध्यान दिलाया। बातचीत में बालक ने आगे से गंभीर होकर काम करने का विश्वास दिलाया।

सामान्यतः रामू का रवैया काम के प्रति अगंभीर ही रहता है। लेकिन कभी-कभी वास्तव में किसी समस्या के कारण भी यह काम नहीं कर पाता, जैसे कविता ही समझ में नहीं आई है तो प्रश्न उत्तर कैसे करे? इत्यादि। उस समय मैं इसकी समस्या को पकड़कर निदानात्मक प्रयास भी करता हूँ। मेरे यथोचित प्रयास बालक के साथ जारी हैं। सफलता अभी भविष्य के गर्भ में छिपी हुई लगती है।

दिनांक : 14/2/2000 शिक्षक : नवल किशोर सोनी

रामू आज समय से 10 मिनट लेट स्कूल पहुँचा। इस वजह से सफाई कार्य से भी नहीं जुड़ पाया किन्तु सभा हेतु दरियाँ बिछाने में रामसिंह ने मेरी मदद अवश्य की। सभा में कराए गीत-कविताओं में इस बालक ने रुचि से भाग लिया। लेट आने वाले बच्चों से की जाने वाली बातचीत में आज रामू भी शामिल था।

इस बालक ने अपने लेट होने का कारण रास्ते में किसी बोरिंग मशीन को देखने लग जाना बताया। लेकिन स्कूल समय पर आना चाहिए इस बात को स्वीकार किया और आगे से समय पर आने का विश्वास दिलाया। समूह में रामू ने अपनी पुस्तक से संबंधित प्रश्नोत्तर ठीक किए, हालांकि बीच-बीच में अन्य बच्चों से बातें भी करता रहा। मैंने तीन बार इसे अपने काम की तरफ ध्यान दिलाया। काम पूरा होते ही यह बालक खुशी से चहकता हुआ लघुशंका से निवृत्त होने के लिए समूह से बाहर चला गया। थोड़ी देर बाद जब वापस लौटा तो अपने पास बैठे साथी की शिकायत करने लगा। मैंने जब दोनों से बातचीत की तो पता चला कि रामू ने ही पहले अपने साथी को छेड़ा था। बातचीत के बाद यह बालक पुनः अपने काम में लग गया।

मुझे लगा बीच-बीच में कुछ हरकतें करके यह बालक शिक्षक का या पूरे समूह का ध्यान अपनी तरफ खींचना चाहता है। परंतु क्यों? इस क्यों का जवाब तलाशने में शायद अभी समय लगे।

लंच के दौरान मैंने देखा कि रामू खुशी से अपने साथियों के साथ क्रिकेट खेल रहा था। मैंने भी इन बच्चों के साथ थोड़ी देर क्रिकेट खेला। रामू का व्यवहार खेल में सामान्य ही था।

दिनांक : 15/2/2000   शिक्षक : नवल किशोर सोनी

रामू आज समय पर स्कूल आया, जैसा कि उसने कल विश्वास दिलाया था। इस बालक ने आज टॉयलेट की सफाई करवाने में मेरी मदद की। सभा में इस बालक ने रुचि से भाग लिया परंतु बीच-बीच में बातें भी करता रहा। सभा समाप्ति के पश्चात (10 मिनट बाद) यह बालक समूह में उपस्थित हुआ।

इसे आज योजनानुसार सुलेख लिखकर पुस्तक पर काम करना था मगर इसने सुलेख ही लिखा। श्रुतिलेख लिख रहे अपने साथी फरीद को बीच-बीच में पुस्तक "टिपाने" का प्रयास भी करता रहा। मगर एक बार "बात" करने पर पुनः अपने काम में जुट गया। जैसे ही पूरा सुलेख लिखा लघुशंका से निवृत्त होने के लिए समूह से बाहर चला गया।

मुझे यह लगा कि बालक किसी काम को अधिक समय तक टिक कर नहीं कर पाता। शायद ध्यान केंद्रित न कर पाने की समस्या इसके साथ हो। पर्यावरण अध्ययन के कालांश में भी इस बालक ने एक ही पेज का काम किया और किताब बंद कर दी। यह अपनी पूरी क्षमताओं का उपयोग भी काम के दौरान नहीं कर पाता है।

लंच में आज भी मैंने रामू व अन्य बच्चों के साथ खेल खेला। खेल के दौरान आज रामू ने एक बार सलीम से झगड़ा भी किया जिसे बातचीत द्वारा सुलझा लिया गया। अब मैं रामू के व्यवहार को "बाल मनोविज्ञान" के संदर्भ में समझने का प्रयास कर रहा हूँ। संभवतः बालक की पारिवारिक पृष्ठभूमि के अध्ययन से बालक के व्यवहार को समझने में मदद मिले।

दिनांक : 16/2/2000 शिक्षक : नवल किशोर सोनी

आज यह बालक अनुपस्थित रहा तथा रह-रहकर इसकी अनुपस्थिति मुझे समूह में खलती रही। रामसिंह के रहने से समूह में एक विशेष प्रकार का माहौल बना रहता था जिसका आज अभाव रहा।

लंच में बच्चों के साथ खेल खेलते समय भी मुझे रामसिंह की अनुपस्थिति का अहसास होता रहा। पता नहीं क्यों?

(शिक्षा विमर्श पत्रिका नवम्बर 1999 के अंक में प्रकाशित मेरी शिक्षक डायरी के कुछ अंश)

सर्वधर्म समभाव, धर्म निरपेक्षता और राजनीति

आज जिस तरह से भारत में धर्म को राजनीति के केन्द्र में ला दिया गया है इसका परिणाम सदियों तक आने वाली पीढ़ियों को भुगतना पड़ सकता है। देश की राजनीति व सार्वजनिक जीवन में धर्म की घुसपैठ बेहद खतरनाक साबित हो सकती है। आज़ादी के समय की यह जरूरी बहस कि धर्म और धर्म निरपेक्षता यानि सेकुलरिज़्म को सर्वधर्म समभाव के रूप में नहीं लिया जाना चाहिए। इस तरह की व्याख्या धर्म को राजनीति पर हावी कर सकती है। उस समय देश के समझदार और दूर दृष्टि रखने वाले नेताओं ने सेकुलरिज़्म का अर्थ राज्य का सभी धर्मों से बराबर की दूरी और पूर्ण अलगाव के रुप में व्याख्यायित किया था। राज्य का कार्य धार्मिक गतिविधियों को बढ़ावा देने के बजाय सभी नागरिकों के लिए कल्याण की योजनाएं बनाकर समान रूप से कार्य करना होना चाहिए। परन्तु आज हालात इतने बिगाड़ दिए गए हैं कि देश के प्रधानमंत्री ही बाबाओं से आशीर्वाद लेते और मन्दिर,देवरों तथा मजारों पर लम्बवत होकर लेट लगाते हुए देखे जा सकते हैं।
हम राजनीति को धर्म से अलग रखने की बात करते हैं तो तर्क दिया जाता है कि यदि धर्म विहिन राजनीति होगी तो दुनिया में अन्धेरगर्दी हो जाएगी। पाप बढ़ जायेगा। तो भाइयों और बहनों धर्म तो यह भी कहता है कि इस्लाम पर विश्वास न करने वाले को तलवार के बल मौत के घाट उतार देना चाहिए और हम बातें कर रहे हैं सर्वधर्म समभाव की, यह कैसे संभव है ? यह बात सही है कि सभी धर्म यह तो दावा करते हैं कि सच बोलना चाहिए, चोरी नहीं करना चाहिए, ग़रीबों की सहायता करना चाहिए, प्यार से रहना चाहिए आदि आदि पर धर्म का यह सिर्फ दिखावे वाला चेहरा है। सभी धर्म आपस में एक दूसरे को नीचा दिखाने और

दूसरे से खुद को बेहतर साबित करने में किसी से पीछे नहीं है। कुछ धर्म जीवन दर्शन की भी बातें करते हैं मगर इसमें आपस में मतभेद भी है मसलन ईसाई और मुसलमान पुनर्जन्म इत्यादि की धारणा में विश्वास नहीं करते हैं जबकि सनातन आत्मा, परमात्मा के साथ पुनर्जन्म को धर्म का मुख्य आधार मानता है। सभी धर्म कहते हैं कि सच बोलो, झूठ न बोलो, प्यार से रहो। इन बातों को व्यक्तिगत धर्म भी कहा जाता है। परन्तु जैसे ही समता और न्याय की बात आती है, तर्क और साक्ष्य की बात आती है तो सनातनियों व मुसलमानों में लाठियाँ चल जाती हैं। दोनों पक्ष दिमाग़ और बुद्धि को, सोचने- समझने की शक्ति को ताला लगाकर घर रख आते हैं। हिन्दू या सनातनी समझते हैं कि वेद और गीता में भगवान ने जो लिखा है वही सच्चा है। मुस्लिम कहते हैं कि क़ुरान शरीफ़ में ख़ुदा ने जो लिखा है वही सच है। धार्मिक ग्रंथों के मामले में सभी धर्म सोचने की शक्ति को ताक पर रख देते हैं । हिन्दुओं के लिए गणेश चतुर्थी वाले दिन, गणेश की मूर्ति का जुलूस निकलना ज़रूरी है। उसमें आगे-आगे बैण्ड-बाजा बजना भी ज़रूरी है। लेकिन रास्ते में एक मस्जिद भी आती है। इस्लाम धर्म कहता है कि मस्जिद के आगे बाजा न बजे। अब क्या होना चाहिए ? कानूनी तौर पर नागरिक आज़ादी का हक़ कहता है कि बाज़ार में बाजा बजाते हुए भी जाया जा सकता है। लेकिन धर्म कहता है कि नहीं। इस्लाम में गाय का मांस खाना ज़रूरी है और दूसरे धर्म में गाय की पूजा लिखी हुई है। अब क्या हो ? कैसे सर्व धर्म समभाव कायम किया जाए ? यह कहना कि ईश्वर या अल्लाह ही सर्वशक्तिमान है, मनुष्य कुछ भी नहीं है सिर्फ मिट्टी का पुतला है, मनुष्य को हमेशा के लिए कमज़ोर बनाना है। उसके दिल की ताक़त और उसके आत्मविश्वास

की भावना को ही नष्ट कर देना है। यही छोटे-छोटे भेद बाद में जाकर अलग-अलग संगठन बनने के कारण National Religion बन जाते हैं और परिणाम हमारे सामने है।

अब यदि उक्त अन्धविश्वास, छुआछूत, झगड़े, दंगे, भेदभाव और तंग दिली का नाम धर्म है तो ऐसा धर्म आपको मुबारक। धार्मिक लोगों के लिए राष्ट्र से पहले अपना धर्म प्राथमिकता पर होता है। मान लिजिए कि भारत का किसी पड़ोसी देश से युद्ध छिड़ जाये। सेनाएँ आमने-सामने बन्दूकें ताने खड़ी हों, गोली चलने ही वाली हो और यदि उस समय कोई हमारे सामने गायें, सुअर, ग्रन्थ साहिब, वेद-क़ुरान आदि चीज़ें रख दें तो हम क्या करेंगे ? यदि ठेठ धार्मिक हुए तो अपना बोरिया-बिस्तर लपेटकर घर बैठ जायेंगे। धर्म के होते हुए हिन्दू-सिख गाय पर और मुसलमान सुअर पर गोली नहीं चला सकते हैं। तो एक बार फिर साबित होता है कि सर्व धर्म समभाव का झुनझुना ज्यादा कारगर नहीं है। सर्व धर्म समभाव जैसी प्रार्थनाएं भी सिर्फ बुद्धु बनाने तक ही सीमित है, उनमें प्रयुक्त शब्दों के मायने और आवृति इस बात का संकेत है कि उनमें भी धर्म विशेष को ही प्राथमिकता दी गई है।

जब तक हम अपनी तंग दिली छोड़कर एक न होंगे, धर्म और जाति जैसे तुच्छ मसलों से ऊपर उठकर नहीं सोचेंगे तब तक हम में वास्तविक एकता नहीं हो सकती। इसलिए नास्तिकता के रास्ते पर चलकर ही हम एकता की ओर बढ़ सकते हैं। सर्व धर्म समभाव का झुनझुना ज्यादा दूर तक ले जाने वाला नहीं है। जरुरत है कि धर्म/पंथ निरपेक्षता के उस अर्थ और समझ को अमल में लाने की जिसके तहत राज्य का कार्य धार्मिक गतिविधियों को बढ़ावा देने के बजाय सभी धर्मों से समान दूरी बनाकर

सभी नागरिकों के लिए कल्याण की योजनाएं बनाकर समान रूप से कार्य करना होना चाहिए। आज़ादी का अर्थ केवल अंग्रेजों के चंगुल से छुटकारा पाने का नाम भर नहीं है, वह पूर्ण स्वतन्त्रता का नाम है। स्वतंत्रता सड़ी गली धार्मिक और जातिय मान्यताओं से, परम्पराओं से, अंधविश्वास और पूर्वाग्रहों से । जब लोग परस्पर घुल-मिलकर रहेंगे और मानसिक ग़ुलामी, परम्पराओं, प्रथाओं, छूत - अछूत,धर्म और जाति जैसे मसलों से आज़ाद होंगे तभी मानवता की मशाल को जलाकर इन्सानी रोशनी को फैलाया जा सकता है।

राष्ट्रीय शिक्षा नीति 2016 (प्रारूप) : कुछ गम्भीर सवाल

मानव संसाधन विकास मंत्रालय ने 31 अक्टूबर 2015 को नई शिक्षा नीति का मसौदा तैयार करने के उद्देश्य से पाँच सदस्यीय समिति का गठन किया। इस समिति की अध्यक्षता अवकाश प्राप्त कैबिनेट सचिव टी.एस.आर. सुब्रमणियन ने की। समिति ने 30 अप्रैल 2016 को अपनी सिफारिशों सहित रिपोर्ट मंत्रालय को प्रस्तुत की। इसके आधार पर भारत सरकार ने आमजन के लिए एक दस्तावेज़ जारी किया, जिसका शीर्षक था, "सम इनपुट्स फॉर ड्राफ्ट नेशनल एजुकेशन पॉलिसी–2016"।

यदि इस दस्तावेज़ का गंभीर अध्ययन किया जाए तो इसमें सरकार की दृष्टि और प्राथमिकताएँ स्पष्ट रूप से परिलक्षित होती हैं। उदाहरणार्थ, प्रारंभिक पृष्ठभूमि में यह संकेत दिया गया है कि भारत की शिक्षा व्यवस्था कभी विश्व की सर्वश्रेष्ठ व्यवस्थाओं में से एक थी और विश्व के प्रतिष्ठित विश्वविद्यालय भी यहीं स्थित थे। इस प्रकार की राष्ट्रवादी गर्वाभिव्यक्ति यह प्रश्न उठाती है कि यदि हमारी शिक्षा व्यवस्था अतीत में इतनी उत्कृष्ट थी और वर्तमान में भी है, तो नई शिक्षा नीति की आवश्यकता और उसका औचित्य क्या है?

सरकार की मंशा को समझने के लिए समिति की संरचना पर भी ध्यान दिया जा सकता है। समिति में एनसीईआरटी के एक पूर्व निदेशक को छोड़कर अन्य चार सदस्य सेवानिवृत्त नौकरशाह थे। शिक्षा के क्षेत्र में गहन चिंतन और अनुभव रखने वाले शिक्षाविदों की अनुपस्थिति

स्वाभाविक रूप से प्रश्न खड़े करती है कि नीति-निर्माण की प्रक्रिया में अकादमिक विशेषज्ञता को अपेक्षित महत्व क्यों नहीं दिया गया।

दस्तावेज़ में व्यावसायिक शिक्षा और कौशल विकास को लेकर चिंता व्यक्त की गई है तथा भविष्य की आवश्यकताओं पर बल दिया गया है। किंतु यह विषय 1986 की शिक्षा नीति में भी प्रमुखता से उपस्थित था। ऐसे में प्रश्न उठता है कि इस दस्तावेज़ में नवीनता क्या है? कई स्थानों पर यह दस्तावेज़ एक नीतिगत विमर्श के बजाय घोषणा-पत्र जैसा प्रतीत होता है। इसमें यह स्पष्ट रूप से प्रतिपादित नहीं किया गया है कि शिक्षा में परिवर्तन की आवश्यकता क्यों है, वह किस प्रकार की भावी पीढ़ी का निर्माण करेगी और उसके बुनियादी सिद्धांत क्या होंगे। भावी समाज की स्पष्ट संकल्पना भी दस्तावेज़ में परिलक्षित नहीं होती।

एक ओर यह दस्तावेज़ शिक्षा के व्यावसायीकरण पर आपत्ति दर्ज करता है, वहीं दूसरी ओर शिक्षा को 'आधारभूत संरचना' की श्रेणी में रखकर निजीकरण की संभावनाओं को बल देता प्रतीत होता है। उच्च शिक्षा संस्थानों को अनुदान उनके प्रदर्शन के आधार पर देने का प्रस्ताव भी इसी दिशा की ओर संकेत करता है, किंतु प्रदर्शन के मानदंडों का स्पष्ट उल्लेख नहीं किया गया है। साथ ही यह कहा गया है कि नए उच्च शिक्षण संस्थान नहीं खोले जाएंगे क्योंकि इससे सरकार पर अतिरिक्त निवेश का भार पड़ता है। ऐसे में यह प्रश्न स्वाभाविक है कि बढ़ती शैक्षिक मांग की पूर्ति कैसे होगी।

दस्तावेज़ में अलाभकारी विद्यालयों की पहचान कर उनके विलय का प्रस्ताव भी रखा गया है, किंतु लाभकारी या अलाभकारी होने के मानदंड स्पष्ट नहीं किए गए हैं। विद्यालयों के विलय की स्थिति में बच्चों की पहुँच

और पड़ोस में शिक्षा की उपलब्धता पर क्या प्रभाव पड़ेगा, यह भी स्पष्ट नहीं है। इन प्रश्नों के आलोक में विश्लेषण करने पर यह आशंका व्यक्त की जाती है कि शिक्षा को बाजार-उन्मुख व्यवस्था की ओर अग्रसर किया जा रहा है और राज्य अपने सार्वजनीकरण संबंधी दायित्वों से विमुख हो रहा है।

विद्यालय छोड़ चुके बच्चों के लिए मुक्त विद्यालय प्रणाली के विस्तार का प्रस्ताव भी सरकार की प्राथमिकताओं पर प्रश्नचिह्न लगाता है। मूल प्रश्न यह है कि विद्यालयी आयु में बच्चे विद्यालय क्यों छोड़ते हैं, इस समस्या के समाधान पर अपेक्षित गंभीरता दिखाई नहीं देती। विविध प्रकार की शैक्षिक व्यवस्थाओं के विस्तार के साथ समान स्कूल प्रणाली की अवधारणा कमजोर पड़ती दिखाई देती है।

वर्तमान में निजी विद्यालयों की तीव्र वृद्धि और उससे जुड़ी आर्थिक शोषण की प्रवृत्तियों के बीच अपेक्षा थी कि नीति दस्तावेज़ इस दिशा में ठोस नियंत्रणात्मक उपाय सुझाएगा। किंतु इसके विपरीत, यह दस्तावेज़ निजी क्षेत्र की भूमिका को और सुदृढ़ करता हुआ प्रतीत होता है।

अंततः, भारतीय समाज को ऐसी शिक्षा नीति की आवश्यकता है जो न्याय, समता, समानता और सहिष्णुता जैसे संवैधानिक मूल्यों को सुदृढ़ करे। यह चिंता का विषय है कि प्रस्तुत दस्तावेज़ इन मूल्यों को सशक्त रूप से आगे बढ़ाने के लिए कोई स्पष्ट और ठोस पहल प्रस्तुत करता हुआ नहीं दिखाई देता।

स्वतंत्रता के बाद का नया जातिवाद

इस देश में जहाँ बलात्कार जैसे जघन्य अपराध के खिलाफ जनता मुखर हुई है वहीं फिर से जातिवाद भी एक मुद्दे के रूप में चर्चा का विषय बना है। सवाल यह भी उठता है कि क्या हमारे देश में जातिवाद को इसलिए सहेजकर रखा जा रहा है क्योंकि इस जातिवाद से केवल चंद जातियों की कब्र खोदी गई है ? इसे समझते हैं, सारी तथाकथित 'सवर्ण' और कुछ 'पिछड़ी' जातियों को जातिवाद से रत्ती भर परेशानी नहीं है। उदाहरण के लिए आप एक सुनार को देखिए। किसी सुनार को क्या सामाजिक हीन भावना से देखा जाता है ? एक राजपूत या माली को देखिए क्या उसे हीन भावना से देखा जाता है ? जवाब है नहीं। एक शर्मा जी और एक गुप्ता जी पास पडौस में रहते हैं। इन्हें जातिवाद से कोई परेशानी नहीं है जबकि यहां भी जातियां है।

पेशे से जातिवाद मुसलमानों में भरचक है और इस मामले में वह हिन्दू से थोड़े भी कम नहीं है, मुसलमानों की भी 'सवर्ण' जातियां जातिवाद का प्रबल और कठोर समर्थन करती है। जातिवाद का ठप्पा केवल हिन्दुओ के मत्थे मढ़ा हुआ हो ऐसा नहीं है । इसकी जानकारी किसी 'सवर्ण मुसलमान' से नहीं बल्कि किसी मिरासी और हेला मुसलमान से लेंगे तो सटिक और प्रमाणिक जानकारी आपको मिल पायेगी।

जातियों में सबसे बड़ी समस्या कुछ जातियों को 'नीच' घोषित करने पर है। सारी तथाकथित सवर्ण और कुछ पिछड़ी जातियों को जातिवाद से ज़रा भी परेशानी नहीं है। क्यों नहीं है क्योंकि उन्होंने अपनी जातियों के संगठन बना लिए और उस ही संगठन में कुएं के मेंढक की तरह आनंद से रहते हैं। उन्हें कोई हीन भावना से नहीं देखता। जरूरत पड़ने पर वे

सब सरकार और प्रशासन पर दबाव बनाने की राजनैतिक हैसियत भी रखते हैं, जो कि हाथरस में भी दोनों तरफ से हो रहा है। सवाल यह है कि किसी ज़माने में 'छोटा' या जिसे 'अपमानकारी' कहा जाता है, काम करने वालों के मत्थे हमने 'नीचता' मढ़ दी है। उन लोगों ने उन 'अपमानकरी' कहे जाने वाले कार्यों को यदि छोड़ भी दिया तो तीन सौ साल बाद समाज उनके बच्चों को भी 'नीच' ही कह रहा है। जबकि वह भी वही काम कर रहा है जो अन्य 'सवर्ण' कर रहे हैं। अब वह स्थाई 'नीच' हो गए हैं। संविधान के तहत ST, SC, OBC या सामान्य का बंटवारा सामाजिक बराबरी और समतावादी समाज की दिशा में एक कदम था परंतु यह हमारी सामाजिक और घृणित मानसिक नीचता है कि हमने किसी आदमी को किसी ज़माने में उसके काम के कारण उसे 'नीच' घोषित कर दिया है। बस यह घोषित 'नीच' जातियों को हमने स्थाई 'नीच' बना दिया है।

हमारे समाज के अनपढ़ और उज्जड और तथाकथित शिक्षित लोग उन स्थाई 'नीच' घोषित किए हुए लोगों को पहले तो मारते पीटते हैं और मार पीट नहीं कर पाते हैं तो बातों से उन्हें कलंकित करते हैं। उन पर अत्याचार, बलात्कार करते हैं फिर कहते हैं कि "जिनके हाथ का पानी नहीं पीते, क्या उनकी बेटी को हमारे लाडले कुँवर छेड़ेंगें ?" यह हाथरस सहित देश के अन्य अनेक भागों में तथाकथित बलात्कारियों के परिजनों का कहना था। क्या यह भारत का स्वतंत्रता के बाद का नया जातिवाद है ?

शिक्षक प्रशिक्षण : एक विचार

हम सभी यह तथ्य भली-भाँति जानते हैं कि शिक्षा की बेहतरी में सर्वाधिक महत्वपूर्ण भूमिका शिक्षक की होती है। क्योंकि शिक्षक के माध्यम से ही हम विद्यालय तथा उससे जुड़े तमाम घटकों में बदलाव की उम्मीद कर सकते हैं। इस लिहाज से शिक्षक की क्षमतावृद्धि व काम के प्रति नजरिये तथा काम की परिस्थितियों में सतत बेहतरी हेतु प्रयास करने की जरूरत होती है।

समग्र शिक्षा अभियान के तहत शिक्षक की क्षमतावृद्धि, अपने काम को बेहतर करने व इसके महत्व को समझने की दृष्टि से प्रति वर्ष शिक्षकों के प्रशिक्षण आयोजित किये जाते हैं। शिक्षक प्रशिक्षणों तथा इनकी बेहतरी के लिए किये जाने वाले प्रयासों को मूलतः एक सतत शैक्षिक प्रक्रिया के रूप में देखे जाने की जरूरत है। जिसमें सुजन, ज्ञान, कौशल विकसित करने के साथ-साथ चिंतन प्रक्रिया को सजग या तीव्र करना शामिल हो। प्रशिक्षण की पूरी प्रक्रिया प्रशिक्षक एवं प्रशिक्षु को सीखने की एक साझा स्थिति में सक्रिय करने पर आधारित होनी चाहिए न कि मात्र सूचनाओं के आदान-प्रदान व औपचारिक भर।

इस पूरी प्रक्रिया में शिक्षक को अपने काम व व्यवसाय को लेकर चिंतन-मनन, विश्लेषण, तर्क-वितर्क तथा स्वयं नवीन शिक्षण विधियों पर काम करके देखने के अवसर प्राप्त होने चाहिए।

हम सभी जानते हैं कि विद्यालय का माहौल तथा बच्चों के शैक्षिक स्तर को बेहतर बनाने के लिए जरूरी होता है कि शिक्षक अपने काम को गहराई से समझे तथा काम के दौरान आने वाली दिक्कतों को ठीक से पहचानकर स्वयं उनके समाधान ढूंढने के प्रयास करें। उसके पास शिक्षा

की जरूरत पर स्पष्ट एवं व्यापक परिप्रेक्ष्य हो और वह विद्यालय की भूमिका और विद्यालय में अपनी भूमिका को ठीक से समझता हो। विद्यालय में चलने वाली सीखने की प्रक्रिया पर उसकी गहरी समझ हो व बच्चों के साथ काम करने के तरीकों से वह परिचित हो। साथ ही उसके पास पढ़ाये जाने वाले विषय की प्रकृति, जरूरत, उसके शिक्षण सिद्धान्त व विषयवस्तु पर भी समझ की आवश्यकता होती है। यह सब सतत चिंतन, मनन व स्वाध्याय की मांग करता है।

इस तरह की आदत के विकास से जहाँ विभिन्न शिक्षण विधियों पर हमारा अधिकार होता है वहीं नई विधियां व तरीके खुद इजाद करने की हमारी क्षमता का भी विकास होता है। शिक्षक क्षमता विकास के लिए शिक्षक प्रशिक्षण एक महत्वपूर्ण उपक्रम है।

मई-जून 2008 में हम सर्व शिक्षा अभियान, जिला शिक्षा एवं प्रशिक्षण संस्थान तथा क्वालिटी एजुकेशन प्रोग्राम के संयुक्त प्रयासों के तहत जिले (बांरा) के शिक्षक प्रशिक्षणों को बेहतर करने की जद्दोजहद से गुजरे हैं। हमें इस प्रक्रिया को शिक्षा की बेहतरी के लिए मिलकर व आपसी समन्वय से काम करने के प्रयास के रूप में देखना चाहिए। हमारा यह प्रयास आखिरी प्रयास नहीं है। हमने जिले के लिए प्रशिक्षण कार्य योजना बनाने व इसकी तैयारी के दौरान यह बात भी की थी कि शिक्षक प्रशिक्षणों को एक दीर्घकालीन शिक्षक क्षमता विकास कार्यक्रम के रूप में देखे जाने की जरूरत है। एक ऐसा कार्यक्रम जो पहले किये गये काम से जुड़ता हुआ जरूरत के आधार पर नवीनता को शामिल करते हुए शृंखलाबद्ध तरीके से आगे बढ़े।

यदि हम जिले की शिक्षा व्यवस्था को बेहतर बनाना चाहते हैं तो जरूरत होगी एक संगत व मजबूत प्रशिक्षण कार्यक्रम विकसित करने की जिसमें जिला स्तर पर एक स्थायी प्रशिक्षक दल बनाया जाए जो सतत रूप से शिक्षक प्रशिक्षणों की योजना बनाने, तैयारी करने, विषयवस्तु व जरूरी सामग्री का चुनाव करने, विभिन्न प्रशिक्षणों को आयोजित करने तथा प्रशिक्षणों का विद्यालय से संबंध देखने और प्रभाविकता की जांच में सक्रिय व सजग रूप से काम करें।

जिले में राजस्थान सरकार की सहमति से संचालित क्वालिटी एजुकेशन प्रोग्राम जिला शिक्षा एवं प्रशिक्षण संस्थान, सर्व शिक्षा अभियान के खंड संदर्भ केन्द्र प्रभारी खंड संदर्भ व्यक्ति व संकुल संदर्भ केन्द्र प्रभारी का एक स्थायी संयुक्त प्रशिक्षण दल बनाने के लिए प्रयासरत है। जो जिले की जरूरतों व परिस्थितियों को पहचानकर प्रशिक्षण की योजना बनाने, तैयारी करने, प्रभाविकता देखने का काम सतत रूप से करें और प्रशिक्षण की रोशनी में अकादमिक मदद उपलब्ध कराये तथा विद्यालयों से उपजे अनुभवों व जरूरतों को प्रशिक्षण में शामिल करें।

इस वर्ष जिले के सेवाकालीन प्रशिक्षणों में हम सभी ने विभिन्न गतिविधियों, समूह कार्य व संवाद के साथ-साथ शिक्षा विषयक चिंतन से जुड़े विभिन्न आलेख पढ़ने व समझने का भी काम किया है। इन आलेखों पर किये संवाद, सहमति व असहमतियों तथा विद्यालयों में काम करने से उपजे अपने अनुभवों को हम पहल के माध्यम से आगे बढ़ाये तो शिक्षा विषयक चिंतन व काम को एक नई दिशा मिल सकती है।

(क्वालिटी एजुकेशन प्रोग्राम, जिला शिक्षा एवं प्रशिक्षण संस्थान, बाराँ (2007) में बतौर कार्यक्रम समन्वयक 'पहल' पत्रिका में प्रकाशित लेख)

सामाजिक विज्ञान क्लब : एक पहल

वर्तमान वैश्विक और राष्ट्रीय परिदृश्य में शिक्षा की भूमिका केवल ज्ञानार्जन या परीक्षा में सफलता प्राप्त करने तक सीमित नहीं रह गई है। आधुनिक समाज में शिक्षा का मूल उद्देश्य ऐसे नागरिकों का निर्माण करना है जो जागरूक, संवेदनशील, उत्तरदायी और लोकतांत्रिक मूल्यों से संपन्न हों। शिक्षा यदि केवल अंकों और प्रमाणपत्रों तक सीमित रह जाए तो वह अपने व्यापक सामाजिक दायित्व का निर्वहन नहीं कर पाती। इसलिए आज यह आवश्यक हो गया है कि विद्यालयी शिक्षा विद्यार्थियों को समाज, शासन, लोकतंत्र और मानवीय मूल्यों से गहराई से जोड़ने का माध्यम बने।

इस संदर्भ में सामाजिक विज्ञान विषयों-इतिहास, भूगोल, अर्थशास्त्र और नागरिक शास्त्र की भूमिका अत्यंत महत्वपूर्ण है। ये विषय विद्यार्थियों को केवल तथ्यों और घटनाओं का ज्ञान ही नहीं कराते, बल्कि उन्हें यह समझने का अवसर भी देते हैं कि समाज कैसे विकसित हुआ, राज्य की संरचना क्या है, लोकतंत्र किन सिद्धांतों पर आधारित है, अर्थव्यवस्था किस प्रकार संचालित होती है और नागरिकों के अधिकार तथा कर्तव्य क्या हैं। इस प्रकार सामाजिक विज्ञान विषय विद्यार्थियों को समाज की संरचना और उसकी जटिलताओं को समझने का दृष्टिकोण प्रदान करता है।

किन्तु वास्तविकता यह है कि विद्यालयों में सामाजिक विज्ञान का अध्ययन प्रायः पाठ्य पुस्तकों तक सीमित रह जाता है। परीक्षा केंद्रित दृष्टिकोण के कारण विद्यार्थी इन विषयों को केवल याद करने योग्य तथ्यों के रूप में देखते हैं, न कि जीवन से जुड़े हुए ज्ञान के रूप में।

परिणामस्वरूप लोकतंत्र, संविधान, नागरिकता, सामाजिक न्याय, आर्थिक असमानता या पर्यावरण जैसे महत्वपूर्ण विषयों की गहरी समझ विद्यार्थियों में विकसित नहीं हो पाती।

इसी परिस्थिति में माध्यमिक विद्यालयों में सामाजिक विज्ञान क्लब की स्थापना अत्यंत प्रासंगिक और आवश्यक हो जाती है। सामाजिक विज्ञान क्लब एक ऐसा मंच है जहाँ विद्यार्थी कक्षा कक्ष की सीमाओं से बाहर निकलकर समाज और शासन से जुड़े विषयों को अनुभवात्मक और सहभागितापूर्ण ढंग से समझ सकते हैं। यह क्लब विद्यार्थियों को प्रश्न पूछने, विचार व्यक्त करने, तर्क करने, संवाद करने और सामाजिक समस्याओं के समाधान खोजने के लिए प्रेरित करता है।

माध्यमिक स्तर शिक्षा का वह चरण है जब विद्यार्थियों में वैचारिक परिपक्वता का प्रारंभ होता है। इसी अवस्था में वे समाज, राजनीति, संस्कृति और अर्थव्यवस्था के विषयों के प्रति जिज्ञासा विकसित करते हैं। किशोरावस्था में मनुष्य की बौद्धिक और सामाजिक चेतना तीव्र गति से विकसित होती है। यदि इस अवस्था में विद्यार्थियों को उचित मार्गदर्शन और अवसर मिलें तो वे समाज के प्रति संवेदनशील और जिम्मेदार नागरिक बन सकते हैं।

यही कारण है कि माध्यमिक स्तर पर सामाजिक विज्ञान की शिक्षा को केवल पाठ्य पुस्तक तक सीमित रखना उचित नहीं है। विद्यार्थियों को ऐसे अवसर मिलने चाहिए जहाँ वे लोकतंत्र, संविधान, सामाजिक न्याय और सांस्कृतिक विविधता जैसे विषयों को व्यवहारिक अनुभवों के माध्यम से समझ सकें। सामाजिक विज्ञान क्लब इस दिशा में एक अत्यंत प्रभावी माध्यम सिद्ध हो सकते हैं।

सामाजिक विज्ञान क्लब की अवधारणा

सामाजिक विज्ञान क्लब मूलतः एक सह शैक्षिक मंच है जिसका उद्देश्य सामाजिक विज्ञान विषयों को जीवन के वास्तविक अनुभवों से जोड़ना है। यह क्लब विद्यार्थियों को समाज के विभिन्न पहलुओं, इतिहास, संस्कृति, प्रशासन, पर्यावरण, अर्थव्यवस्था और नागरिक अधिकारों से परिचित कराता है।

क्लब की गतिविधियाँ विद्यार्थियों को सक्रिय भागीदारी के लिए प्रेरित करती हैं। यहाँ सीखने की प्रक्रिया केवल सुनने और याद करने तक सीमित नहीं रहती, बल्कि संवाद, बहस, शोध, अवलोकन और अनुभव पर आधारित होती है।

इस प्रकार सामाजिक विज्ञान क्लब विद्यार्थियों में आलोचनात्मक चिंतन, विश्लेषणात्मक दृष्टिकोण, नेतृत्व क्षमता और सामाजिक उत्तरदायित्व की भावना विकसित करने में सहायक होते हैं।

वर्तमान समय में नागरिक चेतना की आवश्यकता

आज का समाज सूचना प्रौद्योगिकी और संचार क्रांति के युग से गुजर रहा है। इंटरनेट और सोशल मीडिया ने सूचना के प्रसार को अत्यंत तीव्र बना दिया है। किन्तु इस तीव्रता के साथ एक चुनौती भी उत्पन्न हुई है, अधूरी या भ्रामक जानकारी का प्रसार।

अक्सर देखा जाता है कि युवा वर्ग अनेक सामाजिक और राजनीतिक विषयों पर सतही जानकारी के आधार पर मत बना लेते हैं। संवाद और विमर्श की परंपरा धीरे–धीरे कमजोर होती जा रही है। ऐसे समय में विद्यालयों की जिम्मेदारी और अधिक बढ़ जाती है कि वे विद्यार्थियों में

तथ्य परक समझ, तार्किक सोच और लोकतांत्रिक संवाद की संस्कृति विकसित करें।

सामाजिक विज्ञान क्लब इस दिशा में महत्वपूर्ण भूमिका निभा सकते हैं। ये क्लब विद्यार्थियों को यह सिखाते हैं कि किसी भी विषय पर निर्णय लेने से पहले उसके विभिन्न पक्षों को समझना आवश्यक है। वे यह भी सीखते हैं कि लोकतंत्र केवल अधिकारों का नाम नहीं है, बल्कि यह जिम्मेदारियों और सहभागिता की भी मांग करता है।

कक्षा शिक्षण की सीमाएँ

विद्यालयों में कक्षा शिक्षण की अपनी कुछ सीमाएँ होती हैं। निर्धारित पाठ्यक्रम, समय की कमी और परीक्षा उन्मुख व्यवस्था के कारण शिक्षक अक्सर विषयों को विस्तार से नहीं समझा पाते हैं। परिणामस्वरूप अनेक महत्वपूर्ण सामाजिक विषयों पर गहन चर्चा नहीं हो पाती।

उदाहरण के लिए लोकतंत्र की अवधारणा, संविधान के मूल्य, सामाजिक असमानता, लैंगिक न्याय या पर्यावरणीय संकट जैसे विषय केवल सैद्धांतिक रूप में पढ़ाए जाते हैं। विद्यार्थियों को यह समझने का अवसर नहीं मिलता कि ये विषय उनके दैनिक जीवन से किस प्रकार जुड़े हुए हैं।

सामाजिक विज्ञान क्लब इन सीमाओं को दूर करने का प्रयास कर सकते हैं। क्लब की गतिविधियों के माध्यम से विद्यार्थी समसामयिक घटनाओं पर चर्चा कर सकते हैं, सामाजिक सर्वेक्षण कर सकते हैं, ऐतिहासिक स्थलों का भ्रमण कर सकते हैं और लोकतांत्रिक प्रक्रियाओं का अभ्यास कर सकते हैं। इससे उनकी समझ अधिक गहरी और व्यापक बनती है।

सामाजिक विज्ञान क्लब के उद्देश्य

सामाजिक विज्ञान क्लब के गठन का मुख्य उद्देश्य विद्यार्थियों में नागरिक चेतना और लोकतांत्रिक मूल्यों का विकास करना है। इसके अंतर्गत कई विशिष्ट उद्देश्यों को शामिल किया जा सकता है।

सबसे पहले, यह क्लब विद्यार्थियों में संविधान के मूल्यों, समानता, स्वतंत्रता, न्याय, बंधुत्व और पंथ निरपेक्षता के प्रति सम्मान विकसित करता है। विद्यार्थी समझते हैं कि लोकतंत्र केवल एक शासन प्रणाली नहीं है, बल्कि यह जीवन जीने की एक शैली भी है।

दूसरा, यह क्लब सामाजिक विज्ञान विषयों के प्रति विद्यार्थियों की रुचि बढ़ाता है। गतिविधि आधारित शिक्षण के माध्यम से इतिहास, भूगोल, अर्थशास्त्र और नागरिक शास्त्र जैसे विषय रोचक और जीवंत बन जाते हैं।

तीसरा, क्लब विद्यार्थियों में सामाजिक उत्तरदायित्व की भावना विकसित करता है। वे मतदान के महत्व, सार्वजनिक संपत्ति की सुरक्षा, पर्यावरण संरक्षण और सामाजिक सेवा जैसे विषयों के प्रति जागरूक होते हैं।

चौथा, क्लब नेतृत्व और सहभागिता कौशल को विकसित करने का अवसर प्रदान करता है। समूह कार्य, वाद–विवाद, नाटक, भूमिका–अभिनय और परियोजनाओं के माध्यम से विद्यार्थी नेतृत्व क्षमता और सहयोग की भावना सीखते हैं।

पाँचवाँ, क्लब सामाजिक समस्याओं के प्रति तार्किक दृष्टिकोण विकसित करता है। गरीबी, बेरोज़गारी, लैंगिक असमानता, पर्यावरण

संकट और मानवाधिकार जैसे मुद्दों पर विद्यार्थी विचार–विमर्श करते हैं और समाधान खोजने का प्रयास करते हैं।

सामाजिक विज्ञान क्लब की प्रमुख गतिविधियाँ

सामाजिक विज्ञान क्लब की गतिविधियाँ विविध और रचनात्मक हो सकती हैं। उदाहरण के लिए—विद्यालयों में मॉक संसद और मॉक विधानसभा का आयोजन किया जा सकता है, जहाँ विद्यार्थी लोकतांत्रिक प्रक्रियाओं का अभ्यास करते हैं। इससे उन्हें संसद और विधानसभाओं की कार्यप्रणाली को समझने का अवसर मिलता है।

संविधान दिवस, लोकतंत्र दिवस और मानवाधिकार दिवस जैसे अवसरों पर विशेष कार्यक्रम आयोजित किए जा सकते हैं। इन कार्यक्रमों के माध्यम से विद्यार्थियों को संविधान और मानवाधिकारों के महत्व के बारे में जागरूक किया जा सकता है।

इसके अतिरिक्त ऐतिहासिक स्थलों, संग्रहालयों और सांस्कृतिक धरोहरों का शैक्षिक भ्रमण भी क्लब की महत्वपूर्ण गतिविधियां हो सकती हैं। इन गतिविधियों के माध्यम से विद्यार्थियों को इतिहास और संस्कृति को प्रत्यक्ष रूप में देखने, समझने और अनुभव करने का अवसर मिलता है।

सामाजिक सर्वेक्षण और फील्ड स्टडी भी अत्यंत उपयोगी गतिविधियाँ हैं। उदाहरण के लिए विद्यार्थी अपने आसपास के क्षेत्र में स्वच्छता, शिक्षा, स्वास्थ्य या पर्यावरण से संबंधित सर्वेक्षण कर सकते हैं। इससे उन्हें समाज की वास्तविक समस्याओं को समझने का अवसर मिलता है।

वाद–विवाद, भाषण, निबंध और पोस्टर प्रतियोगिताएँ भी विद्यार्थियों की अभिव्यक्ति क्षमता को विकसित करती हैं। समाचार पत्र पठन और करंट अफेयर्स चर्चा सत्र विद्यार्थियों को समसामयिक घटनाओं से जोड़ते हैं।

राष्ट्रीय नीति की आवश्यकता

हालाँकि अनेक विद्यालयों में विभिन्न प्रकार के क्लब स्थापित किए गए हैं, लेकिन उनकी कार्यप्रणाली अक्सर असंगठित और सीमित संसाधनों पर आधारित होती है। कुछ विद्यालयों में क्लब अत्यंत सक्रिय हैं, जबकि अनेक स्थानों पर वे केवल औपचारिकता तक सीमित रह जाते हैं।

इस असमानता को दूर करने के लिए एक व्यापक राष्ट्रीय नीति की आवश्यकता है। ऐसी नीति में क्लब के गठन, संरचना, उद्देश्य और गतिविधियों के लिए स्पष्ट दिशा निर्देश निर्धारित किए जाने चाहिए।

शिक्षकों को क्लब के समन्वयक के रूप में प्रशिक्षित किया जाना चाहिए ताकि वे गतिविधियों का प्रभावी संचालन कर सकें। साथ ही क्लब की गतिविधियों के लिए आवश्यक वित्तीय और शैक्षिक संसाधन भी उपलब्ध कराए जाने चाहिए। इसके अतिरिक्त क्लबों के कार्यों के मूल्यांकन और निगरानी की व्यवस्था भी होनी चाहिए ताकि यह सुनिश्चित किया जा सके कि वे वास्तव में विद्यार्थियों के समग्र विकास में योगदान दे रहे हैं।

सामाजिक विज्ञान क्लब केवल सह शैक्षिक गतिविधियों का एक माध्यम नहीं हैं, बल्कि वे लोकतांत्रिक समाज के निर्माण की आधारशिला हैं। ये क्लब विद्यार्थियों को केवल अच्छा विद्यार्थी ही नहीं, बल्कि संवेदनशील, विवेकशील, जिम्मेदार और सक्रिय नागरिक बनने के लिए प्रेरित करते हैं। आज जब समाज अनेक सामाजिक, आर्थिक और सांस्कृतिक

चुनौतियों से गुजर रहा है, तब विद्यालयों की यह जिम्मेदारी और भी बढ़ जाती है कि वे विद्यार्थियों को सोचने, समझने, प्रश्न करने और समाधान खोजने के लिए तैयार करें।

सामाजिक विज्ञान क्लब इस दिशा में एक प्रभावी और सशक्त माध्यम सिद्ध हो सकते हैं। यदि इन क्लबों को सुव्यवस्थित ढंग से संचालित किया जाए और उन्हें राष्ट्रीय शिक्षा व्यवस्था का एक महत्वपूर्ण अंग बनाया जाए, तो वे भावी पीढ़ी में लोकतंत्र, संविधान और सामाजिक न्याय के मूल्यों को सुदृढ़ करने में महत्वपूर्ण योगदान दे सकते हैं।

इसी उद्देश्य से उत्तर प्रदेश में समग्र शिक्षा, माध्यमिक शिक्षा विभाग और प्रशासन के सहयोग से एजुकेट गर्ल्स की तकनीकी यूनिट के माध्यम से यह पहल की जा रही है कि प्रदेश के सभी माध्यमिक और उच्च माध्यमिक विद्यालयों में सामाजिक विज्ञान क्लबों का गठन किया जाए। इसके लिए मेरे द्वारा एक विस्तृत प्रपोजल विभाग के माध्यम से शिक्षा मंत्रालय को भेजा जा रहा है । यह पहल केवल एक शैक्षिक कार्यक्रम नहीं, बल्कि भविष्य के जिम्मेदार नागरिकों के निर्माण की दिशा में एक महत्वपूर्ण कदम है।

यदि विद्यालयों में सामाजिक विज्ञान क्लबों की स्थापना को एक सुविचारित, समावेशी और प्रभावी राष्ट्रीय नीति के माध्यम से लागू किया जाए, तो यह भारतीय लोकतंत्र की जड़ों को और अधिक मजबूत बनाने में सहायक सिद्ध होगी। ऐसी व्यवस्था के माध्यम से नई पीढ़ी सिर्फ लोकतंत्र के सिद्धांतों को पढ़ेगी ही नहीं, बल्कि उन्हें अपने जीवन में अनुभव और आचरण के स्तर पर भी अपनाएगी। यही किसी भी सशक्त और जागरूक राष्ट्र की वास्तविक पहचान होती है।

आभार

यह पुस्तक शिक्षा के क्षेत्र में सुधार की जटिल चुनौतियों और संभावनाओं पर विमर्श का एक विनम्र प्रयास है। इस कार्य की बौद्धिक पृष्ठभूमि तैयार करने में अनेक नीतिगत दस्तावेज़ों, शैक्षिक पहलों और जमीनी अनुभवों का महत्वपूर्ण योगदान रहा है।

सबसे पहले मैं राष्ट्रीय शैक्षिक अनुसंधान और प्रशिक्षण परिषद (NCERT) द्वारा प्रकाशित राष्ट्रीय पाठ्यचर्या रूपरेखा 2005 (NCF-2005,2023) का आभार व्यक्त करता हूँ, जिसने शिक्षण-अधिगम को बाल-केन्द्रित, गतिविधि-आधारित तथा समावेशी दृष्टिकोण प्रदान किया।

इसी प्रकार, राष्ट्रीय शिक्षा नीति 2016 (प्रारूप) **तथा** राष्ट्रीय शिक्षा नीति 2020 (NEP-2020) ने शिक्षा के व्यापक परिवर्तन, समान अवसर, बहुभाषिकता, समग्र विकास और गुणवत्तापूर्ण अधिगम की दिशा में जो दृष्टि प्रस्तुत की है, वह इस पुस्तक के चिंतन का आधार रही है।

जमीनी स्तर पर कार्यरत संगठनों के अनुभवों ने इस पुस्तक को व्यवहारिक आधार प्रदान किया है। मैं विशेष रूप से निम्न संस्थाओं के प्रति आभार प्रकट करता हूँ—

- दिगंतर (शिक्षा एवं खेलकूद समिति) – जिनके वैकल्पिक शैक्षिक प्रयोगों और समुदाय आधारित पहल ने शिक्षण की लोकतांत्रिक संभावनाओं को समझने में सहायता की।
- एजुकेट गर्ल्स – जिन्होंने बालिका शिक्षा और सामुदायिक सहभागिता के क्षेत्र में उल्लेखनीय कार्य किया।

- केयर इंडिया – जिनकी शिक्षा एवं सामाजिक विकास संबंधी पहलों से नीति और व्यवहार के सेतु का अनुभव मिला।
- इब्तिदा – जिन्होंने मेवात क्षेत्र में सामुदायिक भागीदारी और शिक्षा के नवाचारों का सशक्त उदाहरण प्रस्तुत किया।

इन सभी और इन जैसी अनेक संस्थाओं के अनुभवों, दस्तावेज़ों और संवादों ने इस पुस्तक की दृष्टि को समृद्ध किया है।

अंततः, मैं उन सभी शिक्षकों, विद्यार्थियों, समुदाय प्रतिनिधियों और सहकर्मियों के प्रति कृतज्ञता व्यक्त करता हूँ जिनके अनुभवों, प्रश्नों और विचारों ने शिक्षा के क्षेत्र में सुधार की दिशा में निरंतर सोचने और लिखने की प्रेरणा दी।

-नवल किशोर सोनी

संदर्भ सूची (References)

नीतिगत दस्तावेज़

1. National Council of Educational Research and Training (NCERT). (2005). National Curriculum Framework 2005,2023 . New Delhi: NCERT.
2. Ministry of Human Resource Development (MHRD). (2016). Some Inputs for Draft National Education Policy 2016. New Delhi: Government of India.
3. Ministry of Education (MoE). (2020). *National* Education Policy 2020. New Delhi: Government of India.

संस्थागत संदर्भ

4. Digantar (Shiksha Evam Khelkud Samiti). Educational Program Documents. *Jaipur, Rajasthan.*
5. Educate Girls. Annual Impact Reports and Program Documentation. Mumbai, India.
6. CARE India. Education and Community Development Program Reports. New Delhi, India.
7. Ibtida. Community Based Education Initiatives in Mewat. Alwar, Rajasthan.

www.ingramcontent.com/pod-product-compliance
Lightning Source LLC
LaVergne TN
LVHW010753051026
849532LV00007B/2363
9798233164170